新潮新書

五木寛之
ITSUKI Hiroyuki

とらわれない

691

新潮社

とらわれない……目次

第一章　かねあいが大事　7

第二章　とらわれない思考法　45

第一章　かねあいが大事

気の合う人とは距離をおいて接する

最近、友情という言葉をあまりきかなくなった。

そもそも、情《じょう》というものが嫌われる時代である。湿っている。じっとりと肌にまとわりつく感じがする。合理的でない。古くさい。

などなど、感覚的に否定する人が多い。人情、情事、無情、強情、とか、どうも当世《とうせい》ではないのである。時代は湿度をもとめてはいない。万事、乾いた空気を志向しているようにみえる。

ある建築家が、こんなことを書いていた。

〈戦後の建築界では、湿式《しっしき》工法から乾式《かんしき》工法への大転換がおこなわれた〉

昔、家を建てるときには、いろんな場面で水が大量に使われていた。道路に鉄板をしいて、その上でセメントと水をこね合わせている風景なども、よくみられたものだ。

いまでは、まったく水を使わなくてもビルが建つという。金属とガラスとプラスチックですむのである。乾式工法とは、そういうことらしい。

最近、地方の文化ホールとか、その手の施設は、どこも灰色が基調である。楽屋の内装など、判でおしたように画一的だ。乾いている。湿度がほとんどない。

マイクをとおしてしゃべると、スピーカーから自分のものとは思われない乾いた声が流れる。

先日、ある大学で話をする機会があった。新しい校舎で、すばらしい階段教室がまるでコンサートホールのようだった。ところが、その階段教室に流れる自分の声の、あまりの機械的な音質にびっくりした。まるで選挙の街頭演説のようなガサガサした音なのだ。自分の声があれほどひどいとは思ってもみなかったのだが、そもそも講義者の声のことなど最初から考えてもいなかったのだろう。とにかく、きこえさえすればいい、という感じの音だった。

私は若いころからずっとラジオの仕事を続けてきた。ラジオの世界には職人気質のエンジニアが多いせいで、実際の自分の声より二割増しぐらいの人間的な声になる。適度の湿り気が感じられるのだ。

きいていて気持ちのいい声というのは、どこかに湿度が感じられる声である。乾いた声は、ききとりやすいが、長くきいていると疲れてくるところがある。

最近、どうしても理解できないような犯罪が多い。愛憎の果ての凶行、とか、そういうどろどろした事件ではなく、どこか乾いていて、無機的というか、不条理な犯罪が目立つのである。犯罪に情をもとめるというのは、そもそも無理なのだろうが、それにしても、なんと非情な時代だろうかと思う。

話を最初にもどすが、友情というのはなかなか長続きするのがむずかしいものだ。濃密な熱い友情は、えてして壊れやすいような気がする。

初対面で、この人とは気が合いそうだな、きっと話が通じそうだな、と思う人がいる。そういう相手とは、私はできるだけ距離をおいて接するようにつとめてきた。だから、三日にあげず顔を合わせるような友達はいないが、三十年、五十年と続いてきた淡く長い交友関係は少くない。

〈友は遠きにありて思うもの〉

と、ひそかに思うのである。

以前、何年か京都に住んだことがあった。もともと九州の田舎の出身だし、しかも外地からの引揚者《ひきあげしゃ》ということもあって、千年の古都に住むのはむずかしそうだと恐れていた。

そもそも遠慮《えんりょ》という感覚のない世界で生きてきた人間である。ずかずかと人の心に踏みこんでくるような相手を、いちばん嫌うと聞く都の気風に、はたしてなじめるかどうかが心配だったのだ。

「京都に住むのは、むずかしいぞ」

と、先輩、知人などにも忠告された。しかし、税金をきちんと払って、ごく普通に暮していると、京都はまことに住みやすい街ではあった。なぜかサラッと乾いた空気が流れている土地なのだ。乾いていながら、乾燥してはいない。その微妙なバランスが、京都という都市の魅力だろう。

京都では聖護院に住んだ。平安神宮まで歩いて五分の距離である。すぐ裏に銭湯があり、その近くにジャズの店、ＹＡＭＡＴＯＹＡがあった。

鴨長明《かものちょうめい》は若いころ、外来の新楽器である琵琶に熱中して、ミュージシャンを志《こころざ》していたらしい。九州まで本格的な琵琶の勉強にいこうと思っていたが、はたせなかったという。

当時の京都は、大変な混乱期だったらしい。そんな時代のことを想像しながら街を歩くと、少しも窮屈な感じがしなかった。京都、この自由の天地、という気分だったのである。

乾きすぎた時代を淋しく思う一方で、また、ねっとりとからみつく情感をいとう気持ちもある。どちらかに偏《かたよ》りすぎると、生きづらい。

しかし、時代は常に偏るものである。バランスのとれた世の中などというものはない。左に傾き、右に傾きしながら、時代は動いていく。

いま時代は、乾ききっているかのようだ。これが一挙に湿った空気に変ることもあるかもしれない。そして乾いた世界を、ひそかに懐しむときがくるとすれば、それははたしてどんな時代なのだろうか。

乾いた世の中にため息をつきながらも、また湿った時代へのおそれを抱きながら生きている。

自慢をしない人は油断がならない

なにごともかねあいというのは、むずかしい。辞書を引くと、「かねあうこと」などと簡単に説明してある。これではよくわからない。さらに読んでみると、「つりあい」「均衡」「折り合うこと」などとでている。要するに右とか左とかに偏らず、ほどよくバランスがとれていることをいうのだろう。

「そこんところのかねあいが難しいんだよ」

などと日常会話のなかで使ったりする。

かねあいを保つというのは、実際にはなかなか容易なことではない。一歩あやまればどちらかに傾く。傾けば引っくり返るおそれもある。かねあいには、また「相当」「相応」という意味もある。年齢につりあった服装とか、収支のかねあいとか、いろんなニュアンスがあって、その辺は日常感覚で使いこなすしかないようだ。

人づきあいの上で、先輩からいろんなことを教えられた。

「自慢をするな」

と、いうのも、その一つである。

人は誰でも自慢をしたがるものである。その辺を自戒しつつも、つい言葉の端々《はしばし》に自慢のかけらが混じってしまう。自慢をする、というのは、はしたないこと、みっともないことと わかっていながら、気づかぬうちに自慢をしている自分に呆れることもある。

しかし、それでは決して自慢せず、謙虚にふるまっていさえすれば世の中、万事うまくいくものだろうか。

そこがむずかしいのだ。まったく自慢をしない人は、なんとなく油断がならない感じがする。要するにスキがないのだ。

「なるほど。なるほど。へえー、そうですか。凄いですねえ。うらやましいなあ」

などと適当にあいづちを打ちながら、自分の手の内はみせない。後で第三者からその人のことを聞いて、びっくりする。つい調子にのって下手《へた》なクルマ自慢などしていたら、相手が国際的なレーサーだった、みたいな話だ。

学歴、家柄、資産、健康、その他、自慢のタネは無数にある。子供の自慢から嫁自慢、精力自慢に持ちもの自慢、あげていけばきりがない。私の自慢は、八十三歳の今日までレントゲンを一回しか撮ったことがないというのだが、非常識自慢というのも自慢のうちかもしれない。

自慢をする人は嫌われる、これは当然の話である。しかし、ここでかねあいという考え方が、ふと頭に浮かぶのだ。

はたしてそうか。自慢たらしい人が、みな例外なく嫌われているのだろうか。

あらためて考えてみると、必ずしもそうではないような気がしてくるから不思議だ。

たとえば、中世の宗教家で蓮如という人がいる。

毀誉褒貶《きよほうへん》あいなかばするというより、むしろ悪口をいわれるほうが多い人物である。

ひらたくいえば、念仏を易《やさ》しく人びとにすすめたのが法然で、その念仏の意味を深くきわめたのが親鸞、そして念仏を広く定着させたのが蓮如と考えてもいいだろう。〈やさしく〉〈ふかく〉〈ひろく〉という三拍子がそろって、ナマンダブ、ナマンダブの声が日本全国に伝わっているのだ。

その蓮如という人物だが、この人はよく自慢をする人だった。

「三国一の名号《みょうごう》書き」

と自称したのも、その一つである。浄土真宗では、「南無阿弥陀仏」などの文字をしるしたものを名号本尊《みょうごうほんぞん》とするならわしがあるが、蓮如は門徒の求めに応じて数多くの名号を書いた。

また、若い頃から頼まれればどんな不便な山中にでも話をしにおもむき、その頃の草鞋《わらじ》の跡がタコになって足に残っていたという。後年、その事を結構、自慢のタネにしていたらしい。いずれにせよ、あけっぴろげに自慢めいた話をした人物のようだ。

しかし、不思議なことに、あまり嫌な気がしないのはどういうわけだろう。

どうやら自慢する人にも、人に嫌われるタイプと、むしろ親しまれるタイプがあるようだ。そこのきわどいわかれ目が、かねあいというものではないのか。

私にはほどのよい自慢をする人のほうが、なじみやすいような気がする。次から次へと自慢話をきかされれば辟易するが、ほどほどの自慢話なら嫌ではないから不思議である。

自慢してはいけない、と常に自分に言いきかせてはいても、つい口がすべってしまうのが人間というものだ。そこで完全に自己を抑制できるような相手だと、なんとなくおそろしい。

自慢は劣等感の裏がえしであるという説がある。まあ、そうかもしれないが、それだけでもないだろう。

最近ではさすがに酒の量や、酔余《すいよ》の武勇伝を自慢する人は少なくなった。知識や学歴をひけらかす場面にも、あまり出会わない。

ペットの愛犬の話を夢中になって話す人がいた。定期券入れから写真までだしてみせようとする。私は犬や猫が大好きだが、その話ばかりでは飽きてくる。そこで意地悪な話をした。昔、犬鍋を食べた話をしたのだ。

「一シロ、二アカ、三クロ、四ブチといってね。白犬がいちばんうまいとされているんだ」

相手はその後、ぴたりと愛犬の話をしなくなった。これも自慢話の一種かもしれない。

笑顔はお金のかからない布施

昔、無財の七施《しちせ》、とかいう話をきいたことがあった。

七施というのは、七つの布施、ということである。

布施、というと、すぐにお布施のことを考えるのが私たち俗人のならいである。しかし、お寺さんに差しあげる金品だけが布施ではない。布施とは本来、聖俗がたがいにあたえ、あたえられるものだったという。

市井の一般人に有難い教えを説ききかせたり、悩みごとや不安の相談にのったりするのも、僧の大事な布施行だった。

托鉢の僧に食物や金品を捧げるのも布施である。逆に修行者や寺が貧窮者を助けたりするのも布施である。

しかし、布施をするには、一応の財力がなければならない。貧者《ひんじゃ》の一燈《いっとう》、という言葉もあるが、その余裕すらない場合もある。

無財の七施、というのは、経済的に余裕のない人にもできる布施のいくつかをあげたものだ。下品ないい方をすれば、タダでできる布施ということになろうか。

七つの徳目については、ほとんど忘れてしまった。おぼえているのは、人に席をゆずることと、やさしい言葉をかける、ということ、そしてもう一つ、「和顔施《わげんせ》」という布施のことだった。

このくらいなら誰にでもできるだろう。電車やバスで、人に席をゆずればいいことだ。また、言葉で人をなぐさめるぐらいは、その気になれば口下手な人にでも難しくはない。「和顔施」というのは、笑顔で人に接するということだろう。笑顔とまではいかずとも、和やかな表情で人に対するだけでいいのである。なによりもお金がかからないところが有難い。

べつにケチるわけではないが、早速やってみることにした。とりあえず「和顔施」だ。

食事をしにはいった店で、注文した品がなかなか出てこない。ちょうど混んでいる時間帯ではあるが、あまりおそいので若い女店員さんに催促する。こういうときこそ「和顔施」だ。満面に笑みをたたえて、その旨を伝えると、無言で首をかしげて離れていった。

しばし待てども、やはり効果がない。さらにもう一度、丁寧に催促する。ここでやさしい言葉を布施すればさらに功徳があるだろうと、猫なで声でつけくわえた。

「いそがしくて大変だね」

「は？」

と、その娘さん、眉根にしわを寄せて歩み去る。うしろ姿にはっきりした拒絶感が漂っていた。

どうも「和顔施」は相手によりけりのようだ。こちらはにこにこしているつもりでも、向うにはニヤニヤしながらのいやらしい言辞と受けとられかねない。

電車に乗る。誰かに席をゆずろうと考えたのだが、すごい混みようだ。まず坐らなければ席を他人にゆずりようもないではないか。

車内の端のほうでもみくしゃにされていると、坐っていた若い乗客の一人が、

「どうぞ」

とたちあがった。誰かに席をゆずろうとしているらしい。感心な若者だと眺めていたら、

「どうぞ」

と、手まねきされた。そのときやっと自分が席をすすめられていると気づいた。シルバー・シートの前で、いかにも催促がましく立っていたことに気づいて恥ずかしかった。笑顔で礼をいうどころではない。無財の布施もまた難《かた》きかな、である。

昔は社会主義国家での客に対する官僚的な態度には、ほとほと呆れたものだった。無愛想を通りこして、敵意さえ感じさせる傲慢さだったのである。当時のソ連、東欧諸国、みなおしなべてそうだった。かつての中国圏もそうだった。

しかし、何度か接触して顔なじみになってくると、決して人に冷たいわけではないことがわかってくる。

要するに笑顔で他人に接するという習慣がない社会だったのである。それが最近すこしずつ変ってきたらしい。

笑顔で接客するマナーを、日本に学びにくるサービスの専門家もいるという。たしかにわが国には、初対面の人、客に対する「和顔」がみちあふれているようにも思われる。

先日、デパートで若い店員さんをつかまえて、たずねごとをした。たまたま携帯電話を持参していなかったので、公衆電話を探していたのである。

「はい、なんでございましょうか」

と、若い店員さんはこぼれるような笑みで応じてくれる。

「えーと、どこか近くに公衆電話はないでしょうか」

「は？」

と、一瞬、笑顔がくもる。

「あの、コーシュー、でございますか？」

どうやら公衆電話という言葉がピンとこなかったらしい。

「そう。公衆電話。つまり公衆便所のコーシューですけど」

「えーと、コーシューでございますね」

たぶん最近は公衆電話という言葉も、ほとんど死語と化したのではあるまいか。

あくまで笑顔をくずさずに首をかしげる若い店員さんの表情に、矢の如《ごと》く飛び去っていく時代の影を見た思いがした。

運転は本当の性格をむきだしにする

先日、カフェでコーヒーを飲んでいて、聞くともなしに隣席の客の話を耳にしてしまった。

女性の二人づれである。いかにも頼り甲斐のありそうながっしりした中年婦人と、まだ大学生のような娘さんで、年長のご婦人の方はとにかく元気。

「あなたねえ」

と、中年婦人が声をひそめていう。ご本人は小声のつもりだろうが、店の隅々にまでよく通る張りのある声だ。

「近ごろ結婚しない人が増えてるんですってね。あなた、どうなの」

「これという人がみつかれば」

と、娘さんのほうは素直である。

「そうよねえ。最近、これという男なんて、なかなかいないもんねえ」

と中年婦人、大きくうなずきながら、

「いいこと教えてあげるわ。ちょっと気になる人がいたら、まず人柄をチェックしなきゃ。そりゃあ収入は大事だけど、長く使うわけじゃない？　ずっと暮らすには、性格のいいのでなきゃダメ。犬を飼うにも見かけより性格でしょ」

「でも——」

と、娘さんが口ごもりつつ、

「二、三カ月おつきあいしたくらいじゃ、本当の性格なんて、わからないんじゃないでしょうか。わたしだって相手によく思われようと、お芝居しますもの」

「だから、いいことを教えてあげるっていってるの」

ほう、と、こちらもつい盗み聞きしてしまう。人の本当の性格など、そう簡単にわかるわけがない。この年になって、そうか、自分にもこんな面があったのかと驚いたりするのである。

戦場とか、そんな極限状態になって、はじめて発露する性格だってあるのだ。

「これは、わたしの実体験からの説ですからね」

と、中年婦人、身をのりだしてさらに声をひそめる。声の音量をおとせばおとすほどよく聞こえるという個性的なしゃべりかただ。

「その人の本当の性格を知りたいと思ったら、まず――」

まず、なんだろう？　とこちらもさりげなくコーヒーをすすりつつ、耳をそばだてる。

「まず、可愛らしく相手の男の人に頼むのよ。一度ドライブにつれていって欲しいなあ、って」

「ドライブ、ですか」

「そう。箱根とか、軽井沢とか、どこだっていいじゃない」

「はあ」

「あなたが頼めば、どんな男だって喜んでつれていってくれるわよ。わたしが保証する」

婦人は、大きくうなずいて、ケーキを一口。

「いまどきドライブなんて、なんとなく古風じゃありません？」

「そんなことないわよ」

「わたし、あんまり車で走るのって、好きじゃないんですけど」

「好き嫌いの問題じゃないの。要はその人の本当の性格が知りたいわけ。男の人には、みんな隠された性格ってのがあるんですからね。しばらくおつきあいしたくらいじゃ、わかんないの。一緒になってから、こんな人とは思わなかった、なんて後悔してもおそいでしょ」

「でも、ドライブにいけば、それがわかるんですか」

「これはね」

と、中年婦人、さらに娘さんに顔を近づけてささやく。

「怖いくらいにわかるの。ほら、あなたを隣りにのせて、彼が運転するでしょ。ハンドルをにぎるとね、人は本来の性格がもろにでるものなの。お酒を飲むと豹変《ひょうへん》する人がいるけど、あんなもんじゃないのよ。ホント、びっくりするくらいに生地《きじ》がむきだしになるんだから」

「そうなんですか」

「そうよ。わたしなんか、ふだんこんなふうに控え目にふるまってるけど、いったん運転席にすわってハンドルにぎったら、もう大変なんだから」

「そうなんですか」

「いきなり自転車なんかが横からとびだしてきたりすると、このヤロー、轢《ひ》くぞ！　なんてどなっちゃうらしいのよね。前の車がもたついてると、オラ、オラ、どこのナンバーつけて走ってるんじゃ！　とか、無理な割り込みされると、許さん！　って車間距離つめたり。主人から、お前はハンドルをにぎると性格が一変するっていわれるんだけど」

「とてもそんなふうにはみえませんねえ」

「みえないでしょ。そこが車の運転の不思議なところなの。人前では押さえている本性がむきだしになるんだよね。だから、これはちょっといいな、って思う人がいたら、まず一度、ドライブに誘って、よく観察する。これ絶対よ」

「でも――」

と、娘さんのほうはなにやら気がかりな風情。

「その人が、車の運転免許、もってないっていったらどうしましょう」

「えー、いまどき、そんな」

「最近は、車を運転しない若い人が増えてるみたいですよ」

「そうなの」

「それに一応免許はあっても、自分で車をもたない主義の人も多いようです。勤労者の実質賃金は、近年ずーっとさがり続けてますし、自然環境のことを考えたりとか――」

「ふーん」

中年婦人が黙りこむと、急に店内が静かになった。

自由とは本来さびしいものである

「最近、未婚の男性が増えてるらしいですね」

と、ある編集者がいっていた。

「この調子だと、日本の人口はますます減少する一方じゃないでしょうか」

「それは統計的に正しい数字ですか」

「いや、なんとなくの実感ですけど」

彼の勤めている出版社の独身社員のなかには、四十代の男性も結構いるらしい。

「要するに、家庭をもつのがわずらわしいと思っているみたいですよ」

「経済的な問題もあるのかな」

「それだけじゃないような気もします」

「たとえば？」

「独りの自由な時間がほしいとか」

「独りで何をするの?」

「インターネットをしたり、音楽を聴いたり、いろいろあるじゃないですか」

「本を読んだりとか」

「まあ、本はあんまり読まないようですけど」

「ふーん」

結婚するしないは、人の勝手である。べつに人口問題を解決するために家庭をもつわけではない。

昔、自分の車をほしがっている友人がいた。世帯もちである。特別に運転に関心があるわけでもなさそうだった。彼はやがて免許を取って、念願の車を買った。

「車の調子はどうかね」

とたずねると、あまり運転はしないんだ、と彼はいった。

「屋外の駐車場に置いてるんだが、これが静かないい場所でね」

まわりは木立ちに囲まれており、夜は星空がよく見えるという。

「ちょっとした高台になっていて、ベイブリッジあたりの夜景がまたいいんだ」

話をきくと、夜中に独りで駐車場にいき、車の運転席に坐っているのだという。

「カー・ラジオでFM放送の音楽を聴いたり、スマホを見たり、いろいろ考えたり、まあ、おれにとっちゃ車は、人生のオアシスだね」

せっかくの新車がもったいない、と思ったが、彼の気持ちもわからないではなかった。

孤独を愛する男性というのは、少なからずいるが、孤独を愛する女性というのは、それほど多くないような気がする。

ある場所でそのことをいったら、すぐに反論された。

「いや、最近はシングル・ライフをエンジョイしている女性が増えたんですよ。人に邪魔されずに自分だけの時間を大事にするというのが、夢らしいです」

これではこの国の人口が増えるわけがない。そもそも人口というやつは、ちょっと加減したくらいで、即、増えたり減ったりするものではないのである。

先日、あるホテルのラウンジで、若いカップルがお茶代を割《わ》り勘《かん》で払っているところを見た。さっきまで私の席のすぐ隣りで楽しそうに語りあっていた二人である。男のほうはちゃんとしたスーツを着て、靴もいい靴をはいている。なんとなくロマンチックな雰囲気の二人なのだが、それぞれきちんとレシートを受取っていた。そんな光景を気にするというのは、私の中に女性に対する差別感があるせいだろう。なにも男が払う必要はないのである。

しかし、結婚に際して、男の側が相手の年収をたずねるというのも、なんとなく変なものだ。

「年収はどれほどなの」

と、男から共働きを前提にしてきかれて、

「まあ、これくらいね」

と、女性のほうが淡々と答える時代がくるのだろうか。

「じゃあ、二人合わせれば、大丈夫、やっていけるよ。結婚しよう」

などという会話も、あながち空想の世界ではなさそうだ。

しかし現実には、結婚相手の年収を気にするのは女性が圧倒的に多いらしい。それも当然だろう。いつ国家がデフォルトしてもおかしくない時代なのだから。

「うちの旦那《だんな》がね」

などと、昔はよく耳にした会話である。旦那とはダーナ（dāna）の音訳で、もともとは「物をくれる人」といった意味だった。寺が布施をしてくれる家を檀家《だんか》と呼ぶのは、そこからきている。

しかし、これからは旦那になるのを嫌がる男たちも増えてくるような気がする。自分の賃金をどうして他人に分けあたえなければならないのか、と思う男たちである。

自分の時間、自分の趣味、自分の生き方にこだわると、おのずとそうなるのだ。若い世代だけではない。孤独死ということが、いかにも悲惨な出来事のように報じられることが多いが、本人たちの正直な心情は、はたしてどうであろうか。

「絆《きずな》を大切にしたい」

という声が高まる一方で、自由を求める風潮も増えているように思われる。自由とは、本来、さびしいものなのだ。

スポーツの観客の一体感は、翌日まで持ちこさないところで成立している。未婚の男女が増える社会をどうみるかは、それぞれの立場による。しかし、国民の数を増やすことを目的として結婚を奨励するわけにもいくまい。

割り勘、などという言葉は、やがて死語になるのだろうか。

初老期のクライシスに「一日一驚」

年をとると感情の起伏が少くなる。

これがいけない。喜んだり、悲しんだり、ときには怒ったり、そういう事が大切だ。

少々の事では驚かなくなる。これも問題である。驚くべき場面では、ちゃんと驚く。

そうでないと世の中に迷惑をかける事になりかねない。

中年にさしかかった頃、なんとなく鬱《うつ》っぽい症状がでてきた。これはいけないと、「よろこびノート」というのを作った。一日に一回、どんな小さなことでも、無理してでもよろこぶ。それを日記のかわりにノートに書き込むのだ。

「きょうは良い天気でうれしかった」

とか、

「喫茶店でジョーン・バエズの曲が流れていてうれしかった」

とか、

「新幹線に乗ったら窓際の席で、富士山が見えてうれしかった」

とか、

「ネクタイが一度でうまく結べてうれしかった」

とか、なんでも強制的にうれしがるのである。そして、それを一行、ノートに書く。

そんなことを半年あまり続けているうちに、いつのまにか元気になっていた。

それから十年ほどたって、再び鬱が訪れてきた。できるだけ外では快活にふるまっているので、はた目にはそうとは見えなかっただろう。しかし、そのときの鬱状態は、かなりひどかった。

そこで再び「よろこびノート」を開始したのだが、これが一向にききめがない。

それなら逆療法だと、こんどは「かなしみノート」というやつを始めた。

「きょうは、行きつけの店の豆大福が売切れでかなしかった」

とか、

「電車の指定席の番号をまちがって、ほかの乗客の席に坐っていて叱られた。かなしかった」

とか、

「扁桃腺が腫《は》れて、微熱もある。かなしい」

とか、新聞やテレビで報道されるニュースに、いちいちかなしむ。要するにすべての事柄に、かなしい、かなしいと連発するのだ。

これは、ききましたね。毎日、あくことなくかなしんでいるうちに、二、三カ月もすると、なんだか馬鹿馬鹿しくなってきた。いつのまにやら気分も明るくなってきたのだ。

ここまでは、以前、何度も書いたり、しゃべったりしてきた話である。


やがて六十代になった。その辺から訪れてくるのが、初老性の鬱というやつである。これはなかなかしぶとい。「よろこびノート」や「かなしみノート」で対処できるような相手ではない。

男性にも更年期というのがある。もう何十年も前から、私はそう主張してきた。その事では、専門家からいつも笑われていたものである。

「男性に更年期なんて、ありませんよ。それはあなたの思いこみでしょう」

エビデンスがない、とほとんどの医師から否定されたものだった。それが今では、男性にも更年期はある、と堂々と主張なさる専門家も少くない。

医学の常識は三日で変ります、と言っておられた故・多田富雄さんのことなど、懐しく思いだす。

話をもどして、男にも更年期は、まちがいなくある。そしてそれは、女性より十年ほどおくれてやってくるのが常である。なぜかそこにタイムラグがあるのだ。

さて、そのあたりの初老性鬱に対して、どう私が立ち向かったか。

あれこれ考えた末に、こんどは「びっくりノート」というのをためしてみることにした。すなわち「びっくりしたなあ、もう」ということをしゃにむにみつけて、それを一行、ノートに書くのである。

六十歳を過ぎると、人間、あまり驚かなくなってくる。要するに心が不感症になって、びっくりすることが少くなってくるのだ。

しかし、人間、何事も努力である。どこかにびっくりすることがないかと、鵜《う》の目鷹《たか》の目できょろきょろしていると、世の中、じつは驚くことばかりだ。最初は「一日一《いっ》驚《きょう》」などと称していたが、それどころではない。朝から晩まで、本当にびっくりすることばかりで、まず、そのことに驚く。

あるとき戸籍抄本を見て、自分の名前の上に「二男」と書かれていたことには、驚きを通りこして呆れてしまった。

それまでずっと自分は長男だとばかり信じこんでいたのである。どうやら私の前に、生後まもなく亡くなった男の子がいたらしい。

私は両親と早く別れているために、家庭の事情にひどくうといのである。親が元気なうちに、できるだけ昔の話を聞いておくべきだったと、つくづく残念に思ったものだった。

ちゃんと驚こう、と意識してびっくりするようにしないと、なんとなく一日が過ぎてしまう。

驚きは向うからやってくるものではない。こちらから身を乗りだしてびっくりしないと、気がつかないうちに行き過ぎてしまうものなのである。

私の初老期のクライシスは、こんなふうにして過ぎ去った。それでもなお、驚くことの習性はわずかに残って、今の私を支えてくれている。人生がなんとなくつまらなく感じられるかたがたに、まず「一日一驚」から始めることをおすすめする。

出る杭は打たれるが、出ない杭は腐る

「口は災《わざわ》いのもと」とは、昔からイヤというほどきかされてきた諺《ことわざ》である。このすこぶる平凡な教訓ほど、折にふれて身にしみる言葉はない。

〈そういえばたしかにそうなんだよなあ〉

と、あらためて溜息をつくことがしばしばだ。特に機智に富んだ警句でもなんでもない平凡で手垢《てあか》のついた諺ほどそうである。

「急がば回れ」などという文句は当り前すぎて、思いだすことさえ少い。しかし、ときおり深い反省の気持ちとともに頭の隅に浮かんでくるのは、そんな月並みな言葉である。「口は災いのもと」というのは、私などことに常日ごろ痛感するところである。

私には子供のころから、思いついたことを何でも口にしてしまう軽率なところがあった。言いたいことを言わずに我慢していると、なにか息が苦しいような感じになってくる。大人になってからもそうだった。学校で、「もの言わぬは腹ふくるるわざ」とかな

んとか、昔の人の言葉を教わったとき、すごく実感があったのだ。それで、つい言わずもがなのことまで喋ってしまう。後悔先に立たず、で、口を滑らせてから、しまったと首をすくめても後の祭りである。

なぜそんな余計なことを口にするかと言われれば、話を面白くしたいと、つい考えてしまうからだ。いや、考えるというより、そうしなければ気がすまない性格なのだろう。

「これくらいの魚を釣った」

と人に話す時、ごく自然に実際の倍くらいの大きさを言ってしまう。相手も同じタイプの人間だと、それで話がさらに盛りあがる。

〈こいつ、こんな話してるけど本当はその半分くらいだろう〉

と興じてくれればそれでよい。

「これくらいというと、つまり何センチぐらいですか。二十センチか、それ以上ですか」

などと真顔でたずねられると、困るのである。

〈座興《ざきょう》、ということがあるじゃないか〉

と、つい思ってしまうのだ。釣った魚を大きく言って、相手から金をまきあげようと思っているわけではないのである。

　私は下戸《げこ》なのでよくわからないが、酒を楽しく呑む、というのも似たようなものではあるまいか。話がはずむ、というのは、そういうことだろう。

　深い反省とともにかえりみるのだが、私はしばしば食言《しょくげん》して叱られることがある。食言とは、前に言ったこととちがうことを言うことである。

「あの時は、たしかにこう言いましたよね」

「あ、そうだったっけ」

「まちがいなく、こう言ったんです。話がちがうじゃありませんか」

「うーん、困ったなあ」

「困るのはこっちです」

　こういうことが再三ある。内心では、

〈あの時はそう思ったんだし、今はこう思ってるんだよ〉

　と、正直に言いたいのだが、それは通らない。世間ではそういう態度を嘘をつくというのである。

いちど口からでてしまった言葉は、とり返しがつかない。「口は災いのもと」というのは、そういうことだ。

しかし、だからといって、やたら口を慎しむというのはどうだろう。世の中には、軽率であることを何よりも避けようとする人がいる。話が盛りあがっていても、無言でうなずいているだけで、自分の意見などまったく口にしない。それはそれで、かなりの努力を必要とする姿勢にはちがいないが、あまりそこに徹すると、腹が読めないと警戒される時もある。

組織の中では、無難につとめている人が出世すると思われがちだが、そうでもない。人間的な失敗をくり返しながら高いポストについた人は、いくらでもいるのだ。

「口は災いのもと」と、いつも思い返しながら暮らしてきた。しかし、諺というものには、正反対のものが必ずある。「災いを転じて福となす」という発想も、また正しい。「人を見たら泥棒と思え」と、「渡る世間に鬼はない」は共に真実である。

私が勝手にこしらえた諺の一つに、「出る杭《くい》は打たれるけど、出ない杭は腐る」というのがある。まことに格調のない表現だが、人生にはそういうこともあるのではないか。

謙虚である、ということは大事なことだ。しかし、もともと自己主張のつよい人が、常に謙虚であろうと努力している姿をみると、なんとなくつらい感じもないではない。自己改造などといったところで、猫が犬に変るわけではないのだ。無理をして自分をおさえつけるより、生来の人柄をのびのびと発揮したほうがいいような気がする。処世術などといっても、しょせんは付《つ》け焼刃《やきば》である。

「病《やまい》は気から」などという。自分に圧力をかけすぎると、べつな所に影響がでる。いつも温顔を絶やさぬように、と努力すればするほど眉間《みけん》にしわが寄ってくるものだ。

書店の棚には、健康本と自己啓発本があふれている。そういう類の本は、面白がって読むのが一番だ。体について考えるのは面白いことである。自分について考えるのも楽しい。そういうつもりで読むと、どんな本でも読んで損をしたと思ったりはしないだろう。ああ、面白かった、と一生を終えることができたならば、どんなにいいことか。

第二章　とらわれない思考法

私は科学というものを信じない

いまの時代は、何百年に一回の大転換期なのだそうだ。科学も、経済も、文化も、あらゆる世界で、それまでの常識が次々にひっくり返っていく。

「それでも地球は回っている」

という科学者のつぶやきと、

「STAP細胞は、ありまーす」

というソプラノとがダブってきこえる、といったら識者に叱られるかもしれない。

私は科学というものを信じない。いつも飛行機に乗るたびに、なぜこんなに多くの人をつめこんだ金属の物体が空を飛ぶのだろうと、不思議に思ってしまう。だが、信じなくても利用はできるのだ。政治を信じなくても、還付される税金は喜んでもらう。電話の原理がわからなくても、携帯は持っている。

私が知識というものに不信感を抱きはじめたのは、小学生のころだった。大人になってからは、ますます世間の常識を疑うようになった。要するにヒネクレた人間として生きてきたのだ。

思うに、人が生きる基本は食べることと、息をすることである。これにまさる重要事はない。もう一つあった。眠ることだ。

この三つの事に関して、さまざまな学問や知識の集積がある。しかし、栄養学というジャンルはあっても、睡眠学とか、呼吸学とかいった独立した分野はない。いや、あるのだが、そういう単独の看板をかかげることがない、というのが正確なところだろう。

栄養学という学問は、広く世間に認知されている。健康を維持するための提言も多い。多いどころか、生活に関するジャーナリズムの話題は、ほとんどそこに集中しているといってもいい。

しかし、正直なところ、私には栄養学の常識について、抜きがたい不信感がある。子供のころ、私には牛が草を食べて、どうしてあんな脂肪たっぷりの肉をつくるのかがわからなかった。最近になって牛の体内には無数の微生物が共存しており、その働きでサシのはいったビーフができるらしいと納得するところがあった。

私はかつて断食行者をこの目で見たことがある。片脚で立ちつづけて眠らない男に会ったこともある。比叡山《ひえいざん》では、千日回峰《せんにちかいほう》行者のかたの食事を確認して、信じられない思いをしたこともあった。

「きっとどこか檀家のお宅へ寄って、すき焼きでもご馳走になってるんだよ」

と、冷笑する人もいるが、そんなことはない。入れるカロリーと、放出するエネルギーがぜんぜん合わないのだが、事実は事実なのである。

私の目下の不安も、そこにある。この数年、めっきり食べる力が低下してきた。もちろん加齢のせいである。あまり食欲がないのだから仕方がない。仕事に追われて、一日中なにも口に入れない日もしばしばある。普通の日は、一日一食がやっと、というのが、目下の貧しい食生活だ。

そんな私の耳に、最近、しきりに雑音がはいってくる。

「年寄りこそ肉を食べるべきだ」

とか、

「一日三食、きちんと決まった時間に食事をすることが大事」

とか、

「朝食を食べないと、早くボケる」

　とか、

「野菜を多目に、バランスのいい食事をとること」

　とか、

「深夜に物を食べるのはよくない」

　とか、四方八方から雨霰《あめあられ》のようなアドバイスが降り注ぐ。なかには一日三百グラムの肉をとれ、とか、卵は十個までは大丈夫、とか、見ただけで満腹になりそうな記事もある。


　私が雑文の連載をしている夕刊紙に、先日、プロ野球の大谷選手の話がのっていた。『大谷翔平物語』といった感じの長期の連載である。

　それによると、大谷選手の出身校、花巻東高の野球部では、「食事トレーニング」という伝統があったという。一日にどんぶり飯《めし》十杯がノルマになっていたというのだ。大谷選手はただでさえ食が細く、中学生時代は茶碗一杯のご飯を食べれば十分だったらしいから、一日十杯のどんぶり飯は相当「きつかったようだ」という母親のことばが記事では紹介してあった。

こういう話を読むと、やっぱり食べなきゃ、としみじみ思う。力士も無茶食いして体をつくるという。炭水化物制限どころの話ではない。

また一方で、同じ夕刊紙に『笑点』で有名な落語家の桂歌丸師匠の記事がのっていた。七十八歳（当時）という年齢を感じさせないそのエネルギーのもとは、小食にあるというのだから、驚きである。

〈会長（歌丸）は以前から食が細く、朝と昼をかねてもりそばを1枚、夜は公演先の楽屋で出る弁当を家に持ち帰って半分ほど食べておしまいという程度なんです。（中略）もっと食べた方がいいですよと言うと「子どもの頃から痩せていたし、ちょっとしか食べてこなかったから、これでいいんだ」って〉

という落語芸術協会の担当者のことばが紹介されていた。

さて、食うべきか、食わざるべきか。一日一食、時には深夜にピーナッツを十粒ほどかじって終りという生活が、はたしてどこまで続くのだろう。どんぶり飯十杯で強靭な体をつくる世界もあり、一日一食で活躍する人もいる。世の中、常識ではない、というのは、あまりに非常識だろうか。

私は絶対という言葉を信じない

仏教に「真俗二諦《しんぞくにたい》」説というのがあって、とかく議論が絶えない。

ここでいう「真」というのは真理、真実の教え、といったものだろうか。「俗」は世間一般の、という感じだろう。いわゆる実社会の論理、常識みたいなものと考える。

「智に働けば角《かど》が立つ、情に棹《さお》させば流される」とは古代からの人間の悩みだった。宗教の世界でも、そこが問われることになる。

ことに真宗系の宗門では、組織が大きいだけに切実な問題として論議されてきた。一応、中興の祖、蓮如の主張を重んじて、「真俗二諦」がたてまえになっているようだ。

世の中は理屈どおりにはいかない。ある程度の妥協も必要だ。しかし、政治や経済ならともかく、信仰の世界にどこまで妥協が許されるのか。

権力や体制、また国民感情などと真正面から対立したときはどうするか。

蓮如は「額に王法、心に仏法」という立場を説いた。彼がきびしく批判される理由の一つは、それだろう。

修行をつんで、おのれが悟りを開き仏となることのみを願うなら、世間と妥協する必要もない。自分が一本の蠟燭《ろうそく》となって燃えれば、周囲の闇を照らし、おのずと世間に光を注ぐことになるからだ。

しかし、いわゆる大乗仏教の立場では、それだけではすまされない。また時代の風潮に逆らって自分流の生き方を通すことも難しい。そこで「真」だけに固執せず、しかも俗に流されずという微妙な立場が求められることになる。

「右の頬を打たれたら、左の頬を出せ」

というのは感動的な言葉だ。心に深くひびくところがある。

しかし、過酷な税金を取られたら、もっと払いますと言うわけにはいかない。正当防衛は法も認める正義である。

真宗では「弥陀《みだ》一仏《いちぶつ》」という。これをわが国ではめずらしい一神教的信仰であると考える人もいるが、そうではない。金子大栄は「選択的一神教」という表現をしている。

つまり世の中には数多くの仏が存在する。しかし、わが帰依する仏は阿弥陀仏のみ、という意味だろう。

世の中に母親というものは沢山いる。だが、われを生みし母はただ一人、といった感じだろうか。

弥陀一仏に帰命《きみょう》せよ、という教えからは、神祇《じんぎ》不《ふ》拝《はい》という発想も生まれてくる。純粋な真宗門徒は、門松を立てない。七五三の行事は勿論しない。村の鎮守のお祭りに協力をこばんだために、消防のポンプで屋根瓦を吹っとばされた、というお寺があった。

「真諦」の思想からすればそうなるだろう。

私は小説の中で、越後の神社に頭をさげる親鸞を書いて、批判された。しかし、親鸞には「冥衆護持《みょうしゅごじ》」という言葉がある。さまざまな神や仏は、念仏者を守ってくれる存在である、だから粗末にしてはいけない、といった感覚だろうか。「諸神、諸仏、菩薩を軽んずべからず」というのが蓮如の姿勢だった。

ある地方の真宗寺院を訪れたときの話だが、その寺の副住職が困惑した表情で私にもらした言葉がある。彼の高齢の父親が、住職をつとめていて、なかなか住職の地位を息子にゆずろうとはしないらしいのだ。

「それはちっともかまわないんですけどね」

と、副住職は言った。

「ご門徒のかたがお集りになる会のときに、住職はずっと駐車場の入口に立ってチェックしておりまして」

「なにをチェックなさってるんですか」

「運転席に交通安全のお守りなどがさがっておりますと、もう駐車場に入れないのです。まあ、そのかたくなさに感動するときもあるんでございますが」

戦時中、東方遥拝《ようはい》という行事があった。小学校から職場まで、皆ではるか皇居を礼拝するのである。その老住職はどのようにそんな時代に身を処してきたのだろうか。それとも、戦時下の自分への懺悔《ざんげ》の念から、きびしく神祇不拝の立場を固守されていたのだろうか。

大学生の頃、花田清輝の「楕円《だえん》の思想」という提言にすこぶる共感したことがあった。中心を一つしか持たない真円に対して、楕円は二つの焦点を持つ。絶対、という言葉を疑うことを、そこから学んだ。

真宗は迷信をきびしく排除する。星占いもだめ、水子供養もだめ、黄道吉日《こうどうきちにち》を選ぶのもだめ、病気平癒や商売繁昌を祈るのもだめ。

しかし、現実の俗世間は習俗慣習にみちている。風神、雷神、カマドの神さまから、幽霊や祟《たた》りの世界まで、民俗は非合理の感覚であふれているではないか。山の神、海の神への感謝が祭りの原点だ。

関東で「教行信証」の執筆に専念していた時期の親鸞は、稲田神社や鹿島神宮をしばしば訪れている。神仏混淆《こんこう》の時代、なだたる神社は仏典経典の一大図書館だったからだ。

一点の中心とは、絶対のことである。私は絶対という言葉を信じない。真と俗の緊張をはらんだ対立と葛藤のなかにこそ、生きた人間の存在があると思うのだ。

真と俗とを無理に一体化しようとしたところに、戦時下の仏教報国思想が生まれたのではなかったか。今も迷いつつ、そう考える。

あらゆる事柄に何らかの予兆がある

予兆というものを信じる人と、信じない人がいる。

予兆といっても、いろいろある。

地震の前に烏《からす》が騒ぐとか、変った雲がでるとか、いろんな説があるが、私はそういった予兆にはあまり関心がない。

私は若いころから、さまざまな体調不良に悩まされてきた。子供時代は扁桃腺をしょっちゅう腫らして熱をだしていたし、中年になってからは偏頭痛の発作をくり返した。

偏頭痛というのは、人類の歴史と同じくらい古いものらしい。三国志の英雄やギリシャ時代の歴史的人物にも、偏頭痛持ちは少くなかったという。

実際に体験したかたなら、その痛みはおわかりだろう。壁にゴンゴン頭を打ちつけながら、こんな痛みが続くのならいっそ屋上から跳びおりたほうがましだ、と本気で思ったりするくらいなのだ。

ときには三日三晩もその発作が続くのだから、たまったものではない。頭痛にともなう吐き気と発熱も耐えがたいのである。吐くものが胃の中にないのに吐き気がこみあげてくる。一晩中、トイレで便器に顔を突っこんで過ごした時もあった。

この偏頭痛に、予兆があることに気づいたのは、数年間の発作習慣が続いた後のことだった。

ひとつは、唾液が妙にべとつく感じがすることだ。要するに唾が口の中で濃くなる気配がしてくると、やがて数時間のちに頭の隅に異変がおきるのである。

理由はよくわからない。また、私以外のほかの人に同じ反応があるのかどうかも、はっきりしない。とりあえず、私の個人的な予兆ということで、誰にもいわなかった。

もう一つある。

鏡に自分の顔を映してみる。上瞼《うわまぶた》がなんとなく垂れさがってきて、目が細くみえることがある。

唾がねばつき、上瞼が垂れさがっている感じのときは、あ、偏頭痛がやってくるんだな、と覚悟するようになった。これらの予兆は、すこぶる正確に当たった。

そのほかにも、手足の血管が、なんとなく太くみえることもあった。

また、妙にコーヒーを飲みたくなるという傾向もあった。

私はふだんからコーヒーをよく飲む。打ち合わせが続く日などは、三回も四回もコーヒーを注文する。だが、カップ一杯のコーヒーを飲み干すようなことは一度もない。いつもちょっと口をつけるだけで、三分の二はカップの中に残っている。

それが、ふと気づくと一杯全部を飲んでしまっているときがあり、ああ、こいつは厄介なことになりそうだな、と気付くことがあった。これらの予兆と、天気図の気圧配置を確認すると、ほぼ完全に偏頭痛の訪れを予測できるようになったのだ。

予測できれば、それなりの対応は可能である。アルコールを飲まない、風呂にはいらない、原稿の締切りを延ばす、などの対策を講じることで、なんとか偏頭痛の発作をパスすることができるようになってきた。


そんな自分の個人的な体験から、私はあらゆる事柄に予兆はある、と考えるようになった。ただし、他人の説をそのまま信じることはしない。だから、一般にいわれるような天災などの予兆には関心がないのである。

不測の事故、などという。偶然というものは、たしかにある。しかし、自分の過去の失敗をふり返ってみると、必ずその前になんらかの予兆があったと感じないではいられない。

決断の前に感じる、ほんの一瞬のためらいが予兆だったのだな、と気づくことがある。踏み切る前の、かすかな抵抗感というか、たじろぎというか、微妙な感覚だ。人はだれでも、そんな運命の予知能力のようなものをそなえているのかもしれない。それをちゃんと把握できたら、と、ずっと思い続けてきた。

失敗は成功の母、などというが、できることなら失敗はしたくない。

常人の持てないような予知能力をそなえた人を、超能力の持ち主、などという。しかし、ほとんどの超能力の持ち主は、地震とか、噴火などの自然現象の予言には慎重だ。人心を不安に導くのはよくない、という配慮もあるのかもしれない。また、天災は人智のおよぶところではない、という考えもあるのだろう。

先日、テレビである地震学者のレポートをみた。地震や噴火の科学的な予測というものは、たしかにありうると私は思う。

巨額の国家予算のうち、何百億円かを投じてそれら民間の研究を応援したとしても、納税者は決して文句をいわないはずだ。

人間の体というのは、自然の一部である。そこにおこる異変は、注意して観察していれば、きっと確かめられるのではあるまいか。

私たちはいま意識下に深い不安をかかえながら生きている。戦前の雰囲気を指摘する声も少くない。だが、もっとも大きな不安は、この地震列島に生きるということの不安である。

震前《しんぜん》、という言葉が、ふと頭に浮かんだ。東京オリンピックも、地方創生も、なにもかもが、その不安をあえて無視するところから成り立っている。

予兆というものは、きっとあるにちがいないと私は思う。科学も、歴史も、過去の出来事の解明のためだけにあるのではなかろう。予兆を語ることが怪しい行為のように思われる時代こそ、なんとなくあぶないという気がしてならないのだ。

最悪の経験にもプラス面がある

先日、地方の空港でめずらしいものに出会った。めずらしいといっても、その土地の名産品ではない。いささか尾籠《びろう》な話であるが、和式のトイレである。いわゆる洋式の便座ではなく、腰をおとしてしゃがむタイプの古風な便器だ。

最近はほとんど温水洗浄器つきの便座が普及していて、和式のものには滅多にお目にかかることがない。

〈昔は皆こうだったんだよなあ〉

と、しばしズボンをおろすのも忘れて、眼下の便器を見おろしつつ感慨にふけった。

いや、その昔は、こんな清潔な白い陶器でさえもなかった。使用後にジャーッと水があふれて、排泄物を押し流してくれるような仕掛けもなかった。しゃがんだ下は暗い奈落で、下手をするとお釣りがくる。お釣りといっても小銭ではない。露骨にいえばはね返りである。

つい何十年か前までは、私たち日本人はそんな暮しをしていたのだ。郷愁の昭和、といえば、なにやら甘酸っぱい雰囲気が漂ってくる。しかし、現実はセピア色の上に黄色いカラーが一色かかっていた。

私が子供の頃、家には定期的に汲み取りの人がきていた。二つの桶を天秤棒《てんびんぼう》でかついで、腰でバランスをとって歩く。遊んでいた子供たちは、鼻をつまんで逃げていく。竹久夢二《たけひさゆめじ》描くたおやかな美女も、みんなしゃがんで用を足したのだ。ちり紙があれば上等なほうで、古い雑誌が置いてある便所もあった。グラビアのページが最後に残るのが常だった。

明治は文明開化の時代だという。しかしそれ以後も各地の日本人の暮しはそうだったのである。野の人は植物の葉で拭き、海の人は海草で拭き、平地の人は藁《わら》で拭く。山の人は木片で拭いたという説もあって、議論はつきない。昔からこの国には極端な格差があった。京の都や東京、大阪でさえも大衆の暮しは、そんなものだったのだ。

戦後、外地から引き揚げて後の一時期、私は九州の山村で暮した。一九四〇年代の後半である。その頃、私たちは大人も子供も、藁で編んだ草履《ぞうり》をはき、あらたまった場では下駄をはいた。

昭和二十五年、つまり一九五〇年に私は高校に進学した。新しい学区制が適用され、私たちの地区の生徒は旧女学校で男女共学という未知の生活を始めたのである。

そのとき、クラスの男子全員がはいていたのは高下駄だった。方言でタカボクリという。旧制高校生がはいていた鼻緒の太いやつだ。腰には手拭いをさげ、冬でも素足だった。

途中で東京から転入してきた生徒がいた。彼が革靴をはいているというので、全員が見にいった。数日後、彼はいかにもはきにくそうに高下駄で登校してきた。

その頃の生活のディテールを、あまり憶えていないのは、たぶん忘れたいと自分で思っているせいだろう。私はいろんな人に迷惑をかけたし、恥ずかしいことも沢山した。つらい記憶もいろいろある。

私がありがたいと思っているのは、敗戦後のそんな時代を体験してきたということだ。この歳になっても、そのことは忘れることがない。

いまでも時として、旅先でひどいホテルに泊められることがある。しかし、すぐに思い出すのは北朝鮮から逃れて、南の米軍キャンプに収容されたときの記憶だ。テント村で足をのばす余地もない空間に、折り重なって寝ていたのである。水も、トイレも不自由だった。最近のどんな安いビジネスホテルといえども、水は出る。ベッドもある。清潔なシーツもかかっていて、枕元にはテレビも電話もある。ちゃんと水洗のトイレもある。ボタンを押せば温かい液体が尻を洗ってくれる。それ以上、なにを望む必要があるというのか。ソ連兵の襲来も、保安隊の検査もない。冷蔵庫さえついているではないか。天国とはこのことだ。

そう一瞬のうちにイメージが転回して、ああ、ありがたい、と合掌する気持ちになってくるのである。こんなことを書くと、いかにも偽善的にきこえるだろう。しかし、本当のことだから仕方がない。

苦労はしないほうがいい、という考え方もある。若いときから苦労した人間よりも、素直にすくすく育った人のほうが優れていると思うことが少くない。苦しんで育つと、どうしてもひねこびてしまうのだ。しかし、最悪の経験を持っている人間にも、それなりのプラスがないわけではない。

〈あの時にくらべれば――〉

と、思うことで、かなりの悪条件にも耐えることができるからである。戦後の記憶には、ひどい記憶もかなりある。それを忘れてしまうことは、幸せかもしれないが、また一面のマイナスもあるのではないか。

いま、あたりを見回すと幸せに慣れた顔ばかりが見えてくる。つい先ごろまで、この国がどれほど不自由な国だったかを想像もできない時代なのだ。

体験は語りつぐことはできないと、私はひそかに思っている。本当のことは、なかなか自分の口からは語れないものだからである。わずかに暮しの細部は思い出すことができる。都合のいいことだけでなく、情けない状況や、恥ずかしい場面もそれに托して語ることができるからだ。

マイナス思考だから失望もしない

世の中には、プラス思考というものがある。何事につけ前向きに、明るく考える立場である。良いイメージを心に描くと、実際にそうなる可能性が高いという発想だ。反対にマイナス思考というやつもある。そして、どちらかといえば、私はそちらのほうに傾きがちな人間である。

何をやってもうまくいくとは限らない。世の中、思うままになるわけがないじゃないか、とつい考えてしまうのだ。

洗面台のすぐ近くに、くず籠《かご》がある。ティッシュを丸めて、ポンと放りこむ。動作をおこす前から、うまく入らないような気がするのだ。すると案の定、丸めた紙はくず籠の端をかすめて壁との隙間に落ちる。狙っても到底《とうてい》入りそうもない狭い空間なのだ。そこにストンとはまりこむ理由がわからない。

世の中のことは、ほとんどそういうものだと、昔から思ってきた。要するに、やることなすこと裏目にでることが多い、そう最初から思いこんでしまうタイプなのである。だから、予感通りに失敗しても、あまりショックをうけたりはしない。まあ、そういうもんだろう、と納得する。万が一、うまくいったときは、心の中で両手を合わせて感謝する。こんなことがありうるのだろうか、と本気でよろこぶ。

マイナス思考のいいところは、あまり失望、落胆しないことだ。計画は十中八、九どころか、九割五分ぐらいはうまくいかない。むしろ願いごとは、ほとんど外れる。そう思ってきた。

「戦後七十年を生きての感想をおきかせください」

といわれて、

「きょうまで平和な時代が続いたことが信じられません」

と答えたら、困ったような顔をされた。しかし、どういえばよいのか。

私が生まれたのは、昭和七年（一九三二）である。その前の年に、満洲事変がおこっている。欧州ではヒトラーのナチ党が第一党になった。五・一五事件があったのも昭和七年のことだ。じつに大変な年に生まれたものだと思う。

そこから数えると、この八十数年は、まさしく激動の時代だったといわざるをえない。

私自身、四十歳、五十歳まで生きるとは、正直、思ってもみなかったのだ。両親はともに早く世を去っていたし、自分も長命筋の人間ではないときめこんでいた。

希望、というものも、あまり心に抱いたことがなかった。こうなればいいなあ、と思うことはあっても、それが実現することなんかありえない、と勝手にきめこんでいたのだ。つよく願えばかなう、などとは夢にも考えたことがない。

そんなマイナス思考のくせは、いまだに続いている。プラス思考がいいことはわかっているのだが、これは人間のタイプだろう。

明るい方向へいかない、という生きものもいるのではないかと、ふと思うことがある。人にはそれぞれの星回りがある。運命に逆らっても、どうなるものでもない。

いつ頃のことだったか、長野の善光寺を訪れた。そのとき、ふと目にした歌の文句がいまも記憶の淵に残っている。

五十鈴川《いすず》　清き流れはあらばあれ
われは濁れる水に宿らん

正確な文句ではないかもしれない。とにかくそんなふうな和歌だった。「あらばあれ」という一節に、とても共感するところがあった。

ところで、去年の夏もそうだったが、今年も蚊の発生が少なくなさそうだ。デング熱とか、おそろしい話もあって、除虫剤が売れているらしい。

蚊というやつは、ちょっとした水溜まりに生まれるという。道端に放ってあるタイヤに溜まった水にも、ボウフラは湧くと新聞に書いてあった。須臾《しゅゆ》の命を濁った水溜まりに宿すというのも、運命というべきか。

敗戦時に子供だった世代には、おおむねマイナス思考のタイプが多いようだ。さまざまに裏切られることが多かったせいだろう。

急いでいるときに限って、赤信号に引っかかる。タクシーを待って立っていると、なかなかこない。諦めて歩きだすと、次々に空車が通り過ぎる。あまり真剣に健康法などに取り組むと、病気になることが多い。養生とか健康法などは、趣味で楽しんでやるものだ。期待は必ず外れる。

こんなことを考えて生きていると、なんだか詐欺師のような気分になってくる。見せかけだけでも、プラス思考を実践しているように思われたほうが世間受けはいいのである。

仏教の出発点は、などといっても、ブッダの前に仏教はなかった。彼の語ったことに皆が共感したわけだが、その根本の発想は、

「人生というものは、思うにまかせぬものである」

と、いう一点につきる。彼はそれを「苦」と呼んだ。こうしたい、ああしたい、などと勝手に願っても、世の中のことはままならぬものだ、決して望み通りにはいかないよ、と、言いたかったのだろう。

思うにまかせぬ人生をどう生きるか。その発想自体が究極のマイナス思考のように思われてならない。

今日も地下鉄の階段を駆け降りたら、その瞬間に電車の扉が閉まった。現実とは、そういうものである。

第三章　年甲斐とは何だろう

老いて円くなる必要はない

人は年をとると円《まる》くなる、という。

本当にそうだろうか。私には、どうもそうとは思えない。むしろ逆なのではあるまいか。加齢による成熟などというものはない、と感じてきた。今もそう思う。

先日、都心のあるホテルで、地下の階からエレベーターに乗った。三階のコーヒー・ショップで打合わせの予定がはいっていたのである。エレベーターにほかの客はいない。

一階のロビーのフロアで、二人の客が乗りこんできた。一人は紫の衣をつけた堂々たる恰幅のお坊さまだった。袈裟《けさ》も豪華、偉容あたりを払う貫禄である。でっぷり肥えておられて、血色もすこぶるよい。もう一人は、そのかたの付き人とみえる痩せた青年僧だった。両手を膝の前で組み、伏目がちに壁際にかしこまっている。

エレベーターの扉が閉まった瞬間、そのお坊さまが、突然、

「十三階」

といわれた。体格にふさわしい腹に響くようなバリトンだった。私は思わずエレベーターの中を見回したが、私たち三人のほかに誰かがいるわけでもない。若いお坊さんのほうは、壁にはりついたようにかしこまっていて、まったくなんの反応も示さない。その「十三階」という声は、どうやら私に向けて発せられたもののようだった。

たしかに階数を表示するボタンの盤には、私がいちばん近い。若い頃の私なら、

「はい、はい、十三階ですね」

と、笑顔でボタンを押しただろう。それよりも、お二人が乗りこんでこられた時に、自分のほうから、

「何階ですか」

と、ごく自然におたずねしていたはずである。

しかし、人は老いたからといって、必ずしも円くなるわけではない。事もなげに、

「十三階」

と、いい放って、あたりを睥睨《へいげい》するような高僧の気配に、私は年甲斐もなく腹を立てたのである。

私はきこえないふりをして、そっぽをむいていた。

「十三階だ」

と、ふたたび太い声がきこえた。だが、私はボタンを押さなかった。エレベーターが三階に着いてドアが開き、私は黙って廊下へでた。背後でドアの閉まる音がした。そのとき、一瞬、ひどく後悔した。素直に十三階のボタンを押せばよかった、とつくづく思った。


三階のコーヒー・ショップで約束していた人と会って、仕事の話をしたあと、

「人は年をとると、円くなると思いますか」

と、たずねると、

「どうですかね。人によりけりじゃないでしょうか」

と、当りさわりのない返事が返ってきた。

「人は年をとると、悪いところや欠点が露骨にでるように思うな。円くなるというのは、要するに覇気《はき》がなくなって、どうでもいいような気になっていくことじゃないでしょうか」

私が重ねていった。相手は黙って微笑するだけだった。

人による、というのは確かだろう。老いてなお向学心の衰えない人もいるし、周囲にきめこまかな思いやりを忘れない人もいる。しかし子供にかえったような感じで、好き放題にふるまう老人もいる。角《かど》がとれて円くなったというのは、要するに何かがすりへってしまったということではないだろうか。

仏教では、よく、「自利利他《じりりた》」ということを説く。自分を利することと、他人を利することを一体とするというのが理想であるらしい。しかし、年をへて円くなった人よりも、老いてなおエッジの立った人のほうがおもしろい、というのは私だけの偏見だろうか。

この国の浄土教の先覚者であった法然は、比叡山で「知恵第一の法然」とよばれたほどの秀才だったが、若くしてドロップアウトした。黒谷別所《くろだにべっしょ》というところで聖《ひじり》たちの群れに身を投じたのだ。別所に集まるのは、いわゆる正統派の修行僧たちの立場を放棄して、本来の仏道を求めるグループである。

そこで師として仰いだのが慈眼房叡空《じげんぼうえいくう》という学僧だった。この叡空という人が、めっぽうおもしろい。戒律をきびしく守る人で、法然はさまざまな影響をうける。その師弟関係を伝えるエピソードが、私は好きだ。

なにかの問題で、師と法然が激しく対立する。尊敬する恩師といえども、自説を曲げないところがいかにも法然らしい。世慣れた円満な人柄にみえる法然だが、実は絶対に妥協しない一徹な人だった。

両者の論争は、はてしなく続き、激怒した師の叡空は、ついに手近《てぢ》かにあった枕を法然に叩きつけたというのだ。

どっちもどっちであるが、私はそんな師、叡空と弟子、法然の立ち回りがおもしろくて仕方がない。その当時、叡空は一体何歳ぐらいだったのだろうか。昔は四十過ぎれば老人である。若き弟子の反抗に、枕を投げつけて怒る学僧の姿を想像して、つい笑ってしまうのだ。

年とともにわがまま勝手になってくる自分をかえりみて、恥じ入りつつも、ふと思う。年をとって円くなったようにみえる人も、本当は内心を表にださなくなっただけなのではあるまいか。

歩くことも生き甲斐になる

最近、歩くことが少しおっくうになってきた。これは良くない傾向であると思う。人間というのは、そもそも歩く動物である。直立二足歩行を試みたときが、人類の出発点だった。よちよち歩きを始めた時点で、赤ん坊は人間になるのである。

よく「一日一万歩」などというが、そんな数字にこだわることはない。とりあえず、まめに歩くことで人は健康を保つことができるのだ。五百歩でも、千歩でもいい。ちゃんと歩けば、それなりの効用は必ずある。

最近、八十歳以上の高齢者の数が一千万人をこえたという。また、百歳以上の長寿者も激増しているらしい。

この世代は、とにかくよく歩いた人びとである。戦前、戦中、戦後と、いやおうなしに歩かざるをえない時代だったのだ。

ふと口をついて出てくる昔の歌がある。いわゆる国民歌謡の一種だろうが、ずっと長いあいだ古い記憶の中に埋もれていた歌である。

〽歩け　歩け　歩け　歩け
　南へ北へ　歩け　歩け
　東へ西へ　歩け　歩け

アルケ、アルケ、アールケ、アルケ、と口ずさみながらテクテク歩いていたのは、いつ頃のことだったろうか。多分、歩くことが国策として奨励された時代のような気がするのだが、さだかではない。

かつての戦争には、行軍という作業が必須だった。少国民と呼ばれた子供たちも、行軍の真似事をさせられて、よく歩いた。敗戦後、徒歩で三十八度線をこえ、北朝鮮から引揚げてきた。帰国後も、中学、高校と、かなりの距離を歩いて通学した。当時は、歩くことイコール生きることだったといっていい。バスが、木炭を焚《た》いて走っていた時代である。

私は扁平足であるが、歩くことで不自由を感じたことはなかった。

昔、農村では扁平足のことをわらじ足といったそうだ。足裏のアーチの形成が十分に発達していない少年期からの苛酷な労働によって、後天的にべた足となった働き者の足裏のことである。名誉の足裏だ。私の場合も、ひょっとしたらわらじ足なのかも、と勝手に考えている。

上京してアルバイト学生となった後も、じつによく歩いた。当時は、十円だった電車の代金にも事欠く有様だったのだ。

やがて北陸の街に移り住んでからのちも、よく歩いた。そのうちタクシーを使うようになり、自分の車を持って運転をするようになると、必要からではなく、養生のために歩くことになる。

歩行ということを意識的に追求する、といったら大袈裟だが、日本人の歩き方、などという事を考えるようになったのだ。いわゆるナンバ歩きなどをしきりにためしたりして、まわりから不思議がられたのも、その頃である。

最近、北朝鮮の軍事パレードをテレビの報道でみていて、ピンと脚を伸ばして前にあげる無理な動作に、あれは騎馬民族独自の歩き方だなあ、と、つくづく思った。水田耕作を長く続けてきた民族は、膝を曲げて歩く。

私も少年の頃、田植えや稲刈りの手伝いをしたことがあるが、泥の中に足を入れる際には、上から下へズブズブと入れることになる。そして膝を曲げて真上に引揚げてから、その足をおろす。膝をまっすぐ伸ばして沼田の中を進むわけにはいかないのだ。

どんなに都会生活が身についていても、日本人は農村の暮らしが体にしみこんでいるのである。山道や田んぼ道を歩いて生きた百千年の歴史は、そう簡単に消えるものではない。イチロー選手や錦織選手のような天才的なプレーヤーにさえも、その陰翳はかすかに感じられるように思う。


身体の動作は、その人間の思考のパターンにも影響をおよぼさないわけがない。

胸を張り、両手を大きくふって踵《かかと》から着地する歩き方は、たしかに健康的で堂々としている。しかし、かつて山野を縦横に渉猟《しょうりょう》した日本人は、そんなふうに歩きはしなかったはずだ。

軍人の歩き方と、猟師や商人の歩き方とはちがう。舗装道路と土の道でもちがう。最近は健康のためのウォーキングさえも、ときには害になるという説も出てきた。人間の歩き方も、必ずしも一定である必要はなさそうだ。

この四、五年、左脚に痛みがあって、なかなか治らない。病院にいってレントゲンでも撮ってもらえば、即座に原因と治療法が示されるだろう。しかし、自分でなんとかならないかと考えるのが、私の身についた悪癖である。歩き方を工夫することで、少しでも改善できないものかと思うのだ。

無駄な遠回りだとはわかっている。しかし、体のことに関してあれこれ考えるのは、生きる楽しみの一つではあるまいか。俳句や、囲碁や、音楽をたしなむのと同じように、体と向きあうのも一つの生き甲斐なのである。

何を楽しみに生きているんだ、と問われて「歩くこと」と答えたら、きっと笑われるだろう。しかし、歩くということの奥には、たぶん何かしら深いものがあるような気がする。脚の痛みは、そのことを私に暗示してくれているのかもしれない。

体も足腰も錆びていくもの

足腰が丈夫なのが自分の取得《とりえ》のように思っていた。戦中、戦後と長い距離を歩く生活が続いていたからである。学校にも歩いて通ったし、ちょっとしたお使いにも、山越えの道を歩いた。

おかげで歩くことに慣れたというか、歩くことが全く苦にならなくなった。私は強度の扁平足である。扁平足というのは、ドイツあたりでは障害あつかいであるらしい。いまでも家庭医学の本などを見ると、長時間の歩行が困難、などと説明してある。

しかし、私の実感からすると、扁平足はほとんど歩行にさしさわりはないように思う。足裏のアーチの形成が未発達、といわれても、それがどうしたという感じだ。むしろどっしりと足裏全体で体重を支えているような感覚がある。戦後、北朝鮮から脱出して三十八度線を越え、米軍の難民キャンプにたどりついたときも、その足が大いに役立った。

高校生の頃、夏休みには自転車に木炭三俵をつんで運んだ。

上京した年には、業界紙専門の配達員となり、都内を自転車で駆けめぐった。

いまから考えると、かなりのハードワークである。早朝、あたりが暗い内に豊島区の本店から日本橋の仕分け所まで走る。そこでいろんな業界新聞を荷台につんで、都内の各所に配ってまわるのだ。最初は中央区や千代田区が受持ち区域だった。

昔の丸ビルの中のオフィスに一部ずつ配って回るのは重労働もいいところだ。エレベーターを使うと叱られるので、一階から最上階まで階段を登り降りしなければならない。勝鬨橋《かちどきばし》を渡って月島のあたりまでが担当だったから、勝鬨橋の開閉の時間も気にしなければならない。当時は八の字に橋が跳ね上がると、通行止めになる。

月島の古い町並みは、情緒があってとてもよかった。家の主人がステテコ姿で新聞を待っていて、「ごくろうさん」とか、声をかけてくれたりする。狭い路地の植木の鉢などをよけながら自転車をこいだ。

やがてまた担当地区が変って、台東区、足立区、墨田区、などを回るようになった。後年、

「昔、あの辺はね」

などと下町の話をすると、けげんそうな顔をする人がいる。

「イツキさんは九州出身でしょ」

「福岡です」

「それなのに昔の下町の地理にくわしいのは、どういうわけ？」

「順路帳が頭にはいっているからね」

「ジュンロチョー？」

「まあ、いろいろわけがありまして」

今はなき浅草の国際劇場周辺にくわしいのは、のちに構成作家をやっていて、足しげく楽屋に通ったからだ。

故人となった往年の大スター、水の江滝子さん（ターキー）に、

「あんたのほうが、あの辺によっぽどくわしいね」

と、不思議がられたこともあった。

後年、ＮＨＫの『歌謡寄席』という番組の構成をやるようになった頃は、浅香光代さんのお宅に通ったこともある。

今の人たちはテレビのバラエティやトークショーでしか浅香さんを知らない人もいるが、その頃は女剣戟《おんなけんげき》の舞台での超人気スターだった。日本刀をかざしての啖呵《たんか》をきくと、

仕事の辛さも忘れて胸のつかえがおりるようだった。

やがて小説を書くようになってからも、よく歩いた。

金沢に住んでいた頃は、小立野《こだつの》台地から兼六園を抜けて旧四高の前を通り、北斗書房、福音館書店、北国書林、うつのみや書店と回り歩き、武蔵ヶ辻から古本屋の南陽堂をのぞいて、暗がり坂から浅野川大橋、そして尻垂坂《しりたれざか》をのぼって石引、小立野へもどるという回遊コースを下駄ばきで歩いた。

高齢者の仲間入りをしてからも、よく歩いたものである。

『百寺巡礼』というテレビ番組では、室生寺の七百余段の石段を三度往復したこともある。

リハーサルで一度、本番で一度、スチール撮影でもう一度と、自分の足で登り降りしたのだ。一往復で千数百段だから、全部で何段ぐらいになるだろう。

そんなわけで、つい最近までは自分の脚力に不遜な自信をもっていた。ところが、「寄る年波《としなみ》」とはよくいったものだ。先日、有田の町で陶山《すえやま》神社の石段を登って息切れがした。わずか百段あるかなしかの石段である。降りるときには足がよろめいて、あわて手すりにつかまる始末。

脚力の衰えは徐々にくるのではない。あるときドッと怒濤《どとう》のようにやってくるのだ。そのことをしみじみ痛感した。

それにしても陶山神社は、ユニークな神社である。石段の途中にJRのレールが通っていて、運がよければななつ星の列車が走り抜けるのに出くわすこともあるらしい。鳥居がぜんぶ磁器でできているのには、びっくりした。眼下にひろがる有田の町並みも、まことに美しい。

うららかな日ざしの中で、あとどれくらいこの足で歩けるのだろうと考えた。老化とは酸化であり、錆びることだ。鉄も錆びるのだから足腰が錆びても当然だろう。錆びることのない磁器は偉大である、とあらためて思った。

下降する時期をきちんと認める

先日、思いがけないことが起こった。

何十年ぶりかで転倒したのである。転倒といえばもっともらしくきこえるが、要するに引っくり返ったのだ。自分でも呆れるくらいに見事な転倒だった。

原因は単純だ。気がせいて、あわてて走ったためである。約束の時間におくれて、必死でホテルの廊下を走った。エレベーターからとびだすやいなや、対談が予定されている場所へと一目散に駆けた。雨模様の日だったので、ゴム底の靴をはいていた。前のめりで走っているうちに、突然、足がもつれて体ごとつんのめってしまったのだ。

さいわい分厚な絨毯の上だったために、これという怪我もなく、すぐに起きあがることができた。前後左右に人影がなかったのも有難かった。そしらぬ顔で、なにごともなかったように、こんどはゆっくりと歩きだした。

ある年齢に達して以来、転倒と誤嚥《ごえん》だけには気をつかってきたつもりである。「風邪は万病のもと」などというが、実際にはそれほど恐れることはない。むしろ「転ぶのは万障《ばんしょう》のもと」だと思っている。

年をとっても元気一杯の人が、なにかの拍子に転ぶ。私の知りあいには、歩道と車道のしきりの鉄の柵を、ひょいと乗り越えようとして転んだ人が何人もいる。若いときと同じように、足が軽くもちあがると錯覚しがちなのだ。それで片脚を引っかけて、ものの見事に転倒するのである。

転んで骨折したり、足をくじいたりする。それでしばらくベッドで寝ていると、てきめんに体が弱ってくる。ふだん考えもしなかった病気もでてくる。みるからに壮健だった人が、たちまち衰弱して、別人のようにやつれたりする。転倒は万障のもと、というゆえんである。


昔の日本人は、転ぶのが上手だった。上手というより、慣れていたのかもしれない。子供は一日中、仲間と取っ組み合いをして日を過ごした。地面に転がったり、木から落ちたりするのは、日常の動作だったのである。

柔道とか、そういう習い事のなかで、倒れたり、転んだりする動作を学んだ。体を丸めて、急な斜面をゴロゴロ転がる遊びもした。

道路もひどかったし、乗りものもすくなかった。だれもが転ぶことに慣れていたし、転ぶときは上手に転んだものである。

しかし最近、人が転ぶところをみる機会は、めったにない。現代人が転ぶことが下手になったとしても無理からぬことだろう。階段には手すりがついているし、バリアフリーもそなわっている。室内にも段差がすくなくなって、あまりつまずくという失敗がない。

しかし、バリアフリーが完備している家は、かえって危いような気もしないではない。なにしろ注意して足をもちあげて歩く必要がないから、自然とすり足になりがちだ。意識して段差を乗り越える日常生活のほうが、むしろ安全なのかもしれないと思ったりする。

「転ばぬ先の杖」

などと昔からいわれてきた。最近はあまりみかけなくなったが、以前は杖をついた高齢者がすくなくなかった。伊達《だて》でステッキを持つ紳士も多かった。仕込《しこ》み杖《づえ》、などという物騒なしろものもあった。

転ぶことに慣れていたと同時に、転ばぬ用心も身についていた。暮らしの智恵というものだろう。いまは生活環境が整備されたぶんだけ、用心、ということがおろそかになっている。

スマホを眺めながら道路を歩いていたり、ときには携帯片手に自転車に乗っていたりもする。

人が転ぶのは、筋肉の衰えだけではない。バランス感覚というか、そういう働きも年ごとに低下していくためである。それは仕方がないことだ。

「片脚立ちで靴下がはけるかどうか、これが老化のひとつのめやすです」

とは、よく耳にする意見である。たしかに実際にやってみると、ふらつく。ことにホーズとかいう長い靴下をはくのは簡単ではない。

それでも片脚立ちで靴下をはくことを練習すると、意外にできるようになってくるのだ。しかし、だからといって全身のバランス感覚が回復したということにはなるまい。要するに人は年ごとに衰えていくという真理を、自分できちんと認めるかどうかという問題だろう。成長期もある。安定期もある。そして下降していく時期もある。あわてて走ったところで時間が逆転するわけではない。

ひさしぶりに転倒して、いろんなことを反省した。今後は映画館で火事にあっても、走るのはよそうと思う。物をひょいとまたぐことなど、決してすまいと心にきめる。しゃにむに高い壁を乗り越えようとがんばるのはやめよう。

横超《おうちょう》、という言葉が、ふと頭に浮かんだ。

本来は、目にみえない力で一気に目的地に達するという意味らしいが、私は勝手にちがうイメージを抱いた。正面からつき当ったら横へ回りこむ、という発想である。「横ざまに超える」といったのは、親鸞だったか。片脚あげてガードレールを無理して越えようなどとは思わないことだ。無難に転んでよかった、と、あらためて思った。

運転免許を返上する覚悟をもつ

自分で車の運転をしなくなってから、かなりの歳月が過ぎた。

亡くなったモータージャーナリストの徳大寺有恒さんは、

「ボケ防止には、車の運転が一番ですよ。ハンドルを持たなくなったら、一挙に老《ふ》けこみますからね」

と、よく言っていた。たしかにそうだと思う。しかし、運動神経や反射感覚の衰えは、どうしようもない。こと人命にかかわる問題だけに、老後のたのしみ、というわけにはいかないのである。

「九十歳になったら赤いポルシェを買う。そして凄いポルノ小説を書く」

などと豪語していた時代もあった。しかし、実際にはどちらも無理な話である。ポルシェはもちろん、ポルノ小説だって、読んだ人が心臓麻痺でもおこしたら人命にかかわりかねないではないか。

ともあれ、この夏、私はある決心をした。それは、運転免許証を自主返上しようということである。

車のハンドルをにぎらなくなってからも、私は免許証だけは更新し続けてきた。これはかなり面倒なことなのだ。学課はもちろん、コースでの実技試験にもパスしなければならない。

さすがに、

「きょうは何年の何月何日でしょうか」

などと、いきなりボケ度をたしかめられたりはしないが、似たようなテストはある。ネコや、サルや、花や、カバンや、いろんな絵を短時間みせて、

「いくつ憶《おぼ》えているか、書いてください」

みたいな検査があって、ちょっと気分的に落ちこむのだ。

年をとっても、昔のことは意外によく憶えているものだ。子供の頃に夢中だった飛行機の名前など、なぜか全部すらすらとでてくる。当時の陸、海軍機の名前や、製造会社、エンジンの型式から気筒数まで忘れてはいない。それだけでなく、米、英、つまり敵国の機種や性能まではっきり憶えている。

それだけではない。「教育勅語」はもちろん、「青少年学徒ニ賜《タマ》ハリタル勅語」から「軍人勅諭」の本文まで記憶にのこっている。

そういうのは長期記憶とかいうそうだ。要するに老人は、昔のことはよく憶えているのである。そのくせ、

「きのうの夕食に何を食べましたか」

などと質問されると、あたふたして、「エーと、エーと」の連続となる。要するに短期記憶が衰えるのだ。私自身、そのことを身にしみて実感する日々の連続である。イヌ、サル、クマ、などの絵は比較的よく思い出せるのだが、どうもモノがいけない。鉛筆や帽子など、意外に記憶から消えてしまいがちなのである。

実技の走行テストで、右折、左折のウインカーをだしそこねたり、停止した後にサイドブレーキをかけるのを忘れたりと、うっかりミスをやらかしそうになって冷汗をかく。

そんな厄介な更新手続きを三年に一度、耐えつつ免許の更新をくり返してきたのは、ひとえに自由業者の弱味のせいである。ふだんからパスポートを持ち歩くとか、保険証をカバンに入れておくとかいうのは面倒くさい。勤め先がないので、身分証もない。い

ざというときに、いちばん役に立つのは、やはり自動車運転免許証だろう。だからハンドルをにぎらなくなってからも、いつも持ち歩くようにしてきた。

人から聞いた話だが、最近は免許証を返上すると、それにかわる証明書を警察で発行してくれるという。

しかし、免許証がなくなるというのは、なんとなく淋しい気持ちがある。マイナンバー制とかになって、自分の番号ができたところで、そんな心の隙間がうずめられるわけでもない。

車の後部座席に坐るようになっても、どうしても落ち着けないのが元ドライバーの宿業である。のんびり外の景色をみているようなふりをしていても、絶えず心の中でブレーキをふんだり、ハンドルを操作したりしている。追い越しとか、車線変更のたびに無意識のうちに手足が動いているのだから辛い。

それにしても、最近、なんという不作法なドライバーが増えたことだろう。右折左折のウインカーすらださない連中に、車を運転する資格はない。たそがれ時とか、豪雨で視界がよくないときとか、せめてスモール・ライトをつけるぐらいの気くばりはないのだろうか。

信号待ちの間にマンガを読んでいるドライバーに驚かされたのは、もう何年も前のことだった。

私の空想だが、車の後部のどこかに、小さく「Thank you light」をつけてみたらどうだろう。

街を走っていると、やむをえず割り込みをせざるをえないような場合もあるものだ。それをジェントルに受け入れてくれた他の車に対して、派手にハザードを点滅して感謝のサインを送るのもちょっと気になる。

昔は車の窓をあけて、手で「ありがとう」の合図を送ったものだった。車社会にも、そんな牧歌的な時代があったのだ。

世界中のすべての車が、デザイン的にも恰好いい小さな「Thank you light」を点滅させて意思を疎通させるようになったなら、少しはいまの荒涼たるクルマ事情も変るのではあるまいか。

などと空想しながら、免許証を眺めている。さらば、友よ。

ノスタルジーは老人の特権

古い荷物が山積みになっている部屋の整理にとりかかった。何十年も放置しておいたために、さながら完全なゴミ屋敷である。交通事故にでもあって、このまま世を去ったなら恥ずかしい。思いきって、十年使わなかったものは捨てることにした。

ところが、十年も二十年も使わなかった品物で、いまでも使える品物がいくらでもある。

まずは、靴。

そして鞄《かばん》。

皮革というのは、じつに丈夫なものだ。埃をかぶって廃物同然にみえる靴や鞄が、ちょっと手入れをすると新品同様の輝きをとりもどす。とても捨てるどころではない。五十年以上も昔に買った靴が、全然いたんだ様子がない。

青いスウェードの靴がある。まだ一回もはいていない新品だ。これを買ったのは、プレスリーやミッキー・カーチスがカバーした『ブルー・スエード・シューズ』と関係がある。

〽なにをしたっていいけどよ
　オレのブルー・スエード・シューズだけは踏むなよな

みたいな歌詞にしびれたせいである。私も昔は若かった。しかし、鮮やかなブルーの靴をはく勇気がなくて、そのまましまい込んでおいたのだ。六〇年代前半のチャーチの製品だが、その頃のチャーチやバーバリーというのは、今とちがって後光《ごこう》がさしていた。当時のバーバリーのコートなど、いつ見てもほれぼれする風格がある。

七〇年代にはいると、もっぱらシルバーノ・ラッタンツィーの靴ばかり買った。塩野七生さんと、イタリアで彼の店を訪れたこともある。

私の靴に対する偏愛の感情は、敗戦後の引揚げの事情と関係があるらしい。

一九四五年の夏、私たち外地に居住していた日本人は、さまざまな体験をした。公式の引揚げが順調に行われた地区もあり、凄惨な逃避行で言語に絶する悲劇に見舞われた人びともいる。

後で知ったことだが、当時の日本政府の意向は、きびしい状況にある本土に、あまり多くの在外邦人が一斉に帰還するのは困る、といった感じだったようだ。在外邦人に関しては、できるだけ現地民と宥和《ゆうわ》し、当分そちらで暮すことを望むという方針だったらしい。旧植民地において、かつての支配者の一族がどのような扱いを受けるか、想像すらできなかったのだろうか。

まあ、いろいろあって、私たち北朝鮮に放置された日本人は、徒歩やその他の手段で非合法の脱北を企てた。三十八度線に近い川を徒歩で越えて、南側の米軍管理地区をめざしたのである。

途中で当然のことながら脱落者がでる。徒歩の逃避行では、どんな靴をはいているかが運命を左右することが多かった。靴は単なるフットギアではなく、生命を支える最重要な伴侶だったのだ。

鞄も山積みになっている。靴も鞄も、そして車も、みんな移動に必要なものばかりだ。いまでも月に何度かは地方に出かけるので、鞄は必需品だ。最近は車輪のついたカートがほとんどだが、体力が許せばボストンバッグにしたいところである。

積み重なっているバッグを眺めて、ため息をついている内に、いいアイデアがひらめいた。大きなバッグに、中くらいのバッグを押し込み、その中にこぶりのバッグを収納する。ロシア土産のマトリョーシカふうに入れ子にするというのはいい案かもしれない。

早速、とりかかったが、どうもうまくおさまらない。バッグにも個性があるのだ。そうすんなりと他のバッグに身をまかせるのは気がすすまないのだろうか。

仕方なく、足で踏みつけて平らにする。それを重ねてベルトで締めると、かなり整理がついてきた。本当は、捨てる、というのが大事なのだ。それができないままに収納しようという未練が中途半端なのである。

しかし、靴も鞄も、自分とともに何十年も歩んできた仲間ではないか。その一つ一つに思い出があり、時代の匂いがするのである。

私は高齢者のひそかな楽しみは、ノスタルジーにひたることだと考えている。それは老いた人間の特権のはずである。

そしてノスタルジーにひたるためには、きっかけが必要だ。トリガーというか、引金になるものが大事なのである。

ただ漠然と回想の扉を押しあけることはむずかしい。その時のよりしろになるのが、モノなのだ。老人が身の回りに古い物を置きたがるのも、そのせいかもしれない。

昔の車をコレクションしておくのは無理だから、せめて靴と鞄ぐらいは身近に残しておきたいと思う。

私が九州の田舎から上京したのは、昭和二十七年の春だった。一九五二年といえば、朝鮮半島で戦争が続き、一方で特需景気がまきおこっている時代である。私がその頃はいていたのは、戦争中に兵隊が使っていた軍靴《ぐんか》だった。大きすぎてブカブカの革靴だったが、とにかく頑丈で、雨にも強い。その靴をはくと、日本国中どこへでも行けそうな気がしたものである。

鞄は持っていなかった。布製の雑嚢《ざつのう》を肩からさげて歩いていた。靴にも鞄にも歴史がある。あらためてそう思う。

第四章　からだの声を聴く

要は自分に合うか、合わないか

東京駅前の丸善オアゾ店で何冊か本を買って、五階のレストラン街にいった。朝から何も食べていなかったので、軽く食事をしようと思ったのである。

最近、ついうっかりしていると、一日中、まったく食べないままに終る日がある。近頃は「一日一食」などという健康法もあるらしい。べつに一日、二日、食べなくても、人間なんとか生きていけるのである。

ハンバーグの定食を頼んで、ふと隣りの席を見ると、若い娘さんが一人で食事をしていた。私と同じハンバーグなのだが、ライス抜きで、黙々と食べていらっしゃる。

〈あ、あれだな〉

と、すぐにわかった。当節、流行《はや》りの炭水化物制限法のファンらしい。

ハンバーグというやつは、米飯と交互に食べてこそ持味が生きる代物《しろもの》である。褐色のハンバーグだけを黙々と口に運ぶのでは、折角のご馳走がもったいないではないか。

よほど忠告しようと思ったのだが、不審に思われかねないのでやめた。そもそもハンバーグをご馳走と思っているかどうかさえ怪しい。白米や肉が雲の上の贅沢品だった戦後世代とはちがうのだ。ヤミ金ドラマの主人公、ウシジマくんがオムライスを食べているシーンを見て、「ご馳走食ってやがるなあ」と思わずつぶやいているようでは、いまの時代についてはいけないのである。

炭水化物を制限する、というのは、たしかに一理ある健康法だ。いろいろ本を読んでみると、それが流行りの思いつき理論でないことがよくわかる。

私も納得して、最近は主食をセーブするようになった。なにしろ茶碗一杯の米飯が、角砂糖十数個分の糖質に変るといわれては、おかわりを躊躇《ちゅうちょ》するのは当然だろう。

もともと大食ではないので、米の飯をひかえることについては、さほど努力する必要もなかった。そのかわり、コーヒーを飲むときに砂糖を入れるようになった。

これまでは、砂糖を入れないか、耳かき一杯分ぐらいの砂糖で我慢していたのだ。しかし、米の飯を茶碗半分にすれば、角砂糖五、六個分は減らせることになるではないか。そうであれば、スプーン一杯ぐらいの砂糖は楽勝だ。と、こんな勝手な理屈で堂々とコーヒーに砂糖を入れて飲むようになったのだ。

この炭水化物制限法は、各方面の反対キャンペーンにもかかわらず、最近、広く一般の支持を集めているようだ。紅茶キノコや飲尿療法のブームとは、ちょっとちがう気配がある。

そもそも新しい理論の提言に対して疑問があるならば、ちゃんとした学者や学界が、堂々と正面から反論すればいいのである。なぜ徹底的にオープンな論戦をくりひろげて、叩きつぶしてしまわないのか、と誰もが思う。新説がまちがっているのなら大変ではないか。こと人の命にかかわる問題なのだ。

ちょっとした火傷《やけど》やキズは消毒するな、という説がでてきたときも、メジャーな専門家たちはまともに相手にしようとさえしなかった。

以前、ある権威の高名な医学者と対談したとき、それとなくその本のことを口にしたら、

「ほう、そんな本がでてるんですか」

と、首をひねっておられた。カバンの中からその新書判の本をだしてお見せすると、

「わたしどもは新書とか、そういうたぐいの通俗本はあまり読まないものですから」

と、軽く受け流されてしまった。

この問題についても、いまだにはっきりした決着はついていない。にもかかわらず、全国のかなりの医院では、些細な傷や小さな火傷には消毒をしないところが増えているという。インターネットや口コミで情報を精査した主婦たちからの要望が、圧力になったらしい。

そもそも重厚長大な専門書なら読むが、吹けばとぶような新書など読まない、という姿勢が問題だろう。


明治、大正、昭和の農村の青年たちは、丼飯に漬けもので逞しい壮丁《そうてい》となった。いまでもラグビーや野球などでは、高校生部員に山ほど米の飯を食わせる育成法がある。いわゆる「体をつくる」というやり方だ。

以前、仕事で全国各地のお寺を回り歩いたことがあった。禅寺で驚いたのは、若い修行僧たちの粗食、少食と、その体格の見事さである。血色がよく、筋骨たくましく、精気にみちている。

比叡山では千日回峰行の行者さんの食事をこの目で見せていただいた。それであの荒行をやりとげるエネルギーが、どうして生まれるのだろうか。カロリー理論でいうなら、取り入れるカロリーと、発揮するエネルギーが全く釣り合わないのだ。そのことに関して専門家におうかがいをたてても、納得できる説明はついにえられなかった。

最近は、食事のあと、すぐに歯磨きをしてもかまわない、むしろおすすめする、という専門家がでてきた。

手を大きくふって、踵から着地するという歩き方にも、いろいろ異論がある。こうなると、素人は何を信じていいかわからなくなってくる。右顧左眄《うこさべん》とはこのことだ。

私はすべて「自分に合うか合わないか」で決めてきた。もし間違っていても、自分で責任をとればいい。それにしても、いまは知識の戦国時代だなあ、とつくづく思う。

標準値はゆるやかに考えよう

人間はひとりひとりちがう。

地球上に何十億の人間が暮していようと、自分と同じ人はひとりもいない。

当り前のことだが、それがなかなか実感できないのは、なぜだろう。

〈天上天下《てんじょうてんげ》唯我《ゆいが》独尊《どくそん》〉

というのは、いろんな解釈がある。しかし私は勝手に、ただひとりの自分だからこそ値打ちがあるのだ、というふうに読む。

同じ人はどこにもいない。世間の物差しで自分を計ることはしない。たったひとりの自分なのだ。

そういいきかせつつも、つい標準ということを考える。

標準というのは、一応のめどである。だれにでも当てはめるわけにはいかない。しかし、世界中の人が、みんな勝手に自己主張していては扱いに困る。

そこで、標準という考え方がでてくる。

いい例が、血圧だ。上のほうの標準値を百六十ぐらいに考えた時代があった。年とともに低い数字が示されるようになって、いまでは百四十ぐらいが安全値だろうか。

しかし、そこには二つの問題があるような気がする。そもそも個人の血圧の数値を、どんなふうに正確に把握するのか。

これは私の勝手な実感だが、朝と夕方、夜中と明け方では、血圧はあきらかにことなる。

また、仕事にとりかかる時と、厄介な原稿を片づけてほっとひと息いれている時では、自分の脈拍も体温も血圧もぜんぜんちがうような気がする。

腹をたてて大声をだしたりする時と、雑談をして笑い興じている時とは、絶対に血圧は同じではない。時と場所、そして状況によって体調は大きく変化するのだ。

鈴木大拙《だいせつ》師が自宅でくつろいで血圧を計る時と、病院にでかけて医師たちに血圧を計ってもらっている時では、ずいぶんちがったと聞いたことがあった。正確な数値は知らないが、ありうる話だろう。あの大拙先生にしてそうだとしたなら、いわんや凡人においてをやである。

また、年齢ということもある。

年をとると、手先、足先が冷えてくる。一時期、靴下を重ねばきすることをすすめられて、靴下をはいたまま寝たりしたのだが、今はやめた。外から暖めてやるだけでは駄目だろうと感じるようになったからだ。

さあ、やろう、と自分を叱咤《しった》して仕事にかかるときは、どうしても血圧をあげなければならない。私は低血圧のタイプなので、いつもぐずぐず怠けてしまって、サッと仕事に取り組めないのが悩みの種なのだ。無理な仕事をこなす場合は、やはり血圧をあげるように努力しなければならない。二十代のころと、八十代では、血圧が同じでいいわけがないではないか。

血圧を標準で示されて、一喜一憂することはない、というのが私の持論である。時と、状況と、年齢と、その上に個人の体質とを考えて、そこでめどとしての標準を考える。その人にとっての最適な血圧は、さまざまな条件を配慮した上できめればよい。

ブッダはいった。すべての物事は常に変化してやまない、と。

私は以前から医学の理論を面白おかしく物語化することに反対だった。たとえば、善玉コレステロールと悪玉コレステロールのお話である。

テレビ番組や雑誌などでは、黒服に角《つの》のはえた悪玉連中と善玉たちが戦ったりするイメージが、視覚的に描かれたりする。

敵にもなれば味方にもなる、というのが自然のありようではないか。善人と悪人を、白と黒ではっきり色分けすることなどできはしない。

自分がナチの時代のドイツで青年として生きていたら、と、ふと考えることがある。国からの命令でアウシュヴィッツのような強制収容所に看守として配置されていたら、どう振るまっただろう。

戦後七十年の平和のなかで、そんな状況に追いこまれずに暮せたことをしみじみ感謝するしかない。

コレステロールも血圧も、標準値はあくまで一応のめどだろう。低ければいいというものでもあるまい。

ひとりひとりの人間には、それぞれの生活がある。考え方も、生き方もちがう。体質もちがえば、立場もことなる。それを標準化することなど、そもそも無理なのだ。しかし、標準化、単純化しなくては、理論化も、処方もできない。普遍化することで、世の中はなんとかやっていけるのである。

人は状況の生きものである。そして、その状況は、日々刻々と変化して、やむところがない。

風呂の湯の温度は、四十一度が常識とされている。「神のあたえたもうた温度」などと、大袈裟なことをいう人もいる。しかし、寒くて体がこごえそうな日もあれば、頭から冷水をかぶりたい日もあるではないか。どこまでも四十一度の湯温にこだわる必要などありはしない。

私はなにも世の標準値を否定するつもりはないのである。各人各様、その時の暮しぶりや年齢、状況に応じてもう少しゆるやかに考えたほうがいい、と思っているだけだ。

この原稿を書き終えた後は、きっと血圧が上下とも、十ぐらいずつ下がっているのではあるまいか。

健康ブームが神経質すぎる

健康ブームである。

かなり以前からそうだった。書店では健康本やダイエット本のコーナーが、かなりの場所を占めている。

この傾向は、年々強まっていくような気配だ。明日どうなるか予測がつかない世の中となれば、それも当然だろう。デフレであれ、ハイパー・インフレであれ、健康は常に価値あるものである。円安も円高も関係なく、健康は最大の資産である。

健康に対する執着は、時代の不安のバロメーターだ。かつてアメリカは「病気になったらおしまい」の社会、といわれた。いまはこの国も同じだろう。いくら社会保障が整備されているといったところで、安心しているわけにはいかない。

そこで健康ブームである。何を食べるべきか、どんな病院を選ぶか、積極的治療をうけるべきか放置すべきか。

私たちは迷える小羊の群れである。いくら健康本を読破したところで、安全な道が開かれるわけではない。

私は健康という言葉が、あまり好きではない。健康法などといわずに、せめて養生といってほしいと思ってきた。

健康法と養生とは、どこがちがうか。

やることに大した相違はない。要は語感の問題である。健康法のほうがやや実用的だ。技術的といってもよい。それにくらべると、養生は古風である。貝原益軒《かいばらえきけん》先生の顔などが頭にちらつく。

そんなことをいって、実際に貝原益軒のイメージがあるかといわれれば返答に困る。ただなんとなく禁欲的な顔つきが想像されるだけだ。

だが、実際に『養生訓《ようじょうくん》』を読んでみると、先入観とは相当にことなる作者の顔が浮かんでくる。

人間というのは、どうしようもない代物である、という諦念の上に『養生訓』はなりたっている。道徳の背後に、欲望の塊りのような人間観がにじみでているのだ。

健康法は具体的で、養生のほうは心がまえの色彩がつよい。やや古風だが、養生のほうが押しつけがましい感じがしないような気がする。

私は若い頃から病院が嫌いだった。嫌いだの好きだのといった贅沢な話ではない。戦後しばらくは、いきたくてもいけない状態だったのだ。両親ともに十分な医療がうけられないままに世を去った。いまと違って、健康保険制度が十分に機能していない時代だったのである。

中学生の頃、自分は結核だと思いこんでいた時期があった。本で読むすべての兆候が自分に当てはまったからである。

三十代から四十代にかけては、気胸《ききょう》の症状に悩まされた。偏頭痛持ちで、頭をガンガン壁に打ちつけて耐えた時期もあった。それでも病院にはいかなかった。これまで交通事故にあって救急車で運ばれたり、虫垂炎で死にかけたりせずにすんだのは、単なる偶然にすぎない。一歩まちがえば、崖から転落していただろう。これにまさる幸運はなかったと、しみじみ思わずにはいられない。

一度も歯を磨いたことのない人で、九十歳になっても虫歯一本ないかたもいらっしゃる。堅焼きせんべいなどを、無雑作にバリバリ嚙みくだかれるのをみていると、ときにむかつくこともないではない。朝、昼、晩、食事のたびに歯の手入れをしながら、歯の不具合に悩む人も少くないからだ。

そうなると、養生とか健康法などという考えかたが、むなしく感じられてきたりもするのである。

「結局は、持って生まれた体質だよなあ」

と、ため息をついてしまう。

そのあたりにこだわり続けていると、そのうち健康法だの養生だのはどうでもよくなってくる。人生は運か？　などと真剣に考えてしまうのだ。

病院にいかない、という選択は、愚かしい生き方だと自分で承知している。

いま現在、自分が抱えている体の不具合は、数えてみると少くとも五つはある。前立腺の肥大にはじまって、はっきりした自覚症状がいくつもあり、それが病院で専門医の治療をうければ、しごく簡単に解決できるであろうという予測もつく。

人間はおだやかに枯れていくわけではない。変化というものは、段階的に訪れてくるものだ。

命にかかわる発作が起きれば、好きだの嫌いだのという余地はない。本人が気を失っていれば、いやおうなしにどこかの救急病院にかつぎこまれるだけだ。

百歳以上の長寿者のグループを調べてみたら、その七割だか八割だかが喫煙者だったという報告を読んで、思わず笑ったことを思いだす。

そういうもんだろう、と内心うなずくところがあった。べつに煙草を吸ったから長生きしたわけではあるまい。生まれつき体質のつよい人たちが、喫煙の習慣をもちながら生き残っただけの話だ。

最近の健康ブームは、あまりに神経質すぎるような気がする。私は面白いお話として健康本を読む。

養生についての古人の書も、興味本位で読むだけだ。いろんな説が流行するたびに、楽しんで読んでいる。日々、逆のことをためしたり、疑ってみたりするが、まあ、害にはならない勝手な楽しみだろう。

さて、明日はどんな健康法が流行るのだろうか。

非常識でもリズムを保つこと

最近、睡眠のリズムがめちゃくちゃになってきた。以前は変則的ではあっても、一応、定型というものがあったのである。

午前五時にベッドにはいる。雑誌とか文庫本を拾い読みしつつ、六時前には白河夜船《しらかわよふね》。すでに夜は明けてしまっているから、白河昼船か。それなりに規則正しい健康なリズムではあったのだ。八時間前後の眠りのあと、午後二時あたりには気持ちよく目覚める。こんな生活を何十年も続けてきた。たぶん死ぬまでそれでうまくいくと信じていたのだ。

ところが、世の中というものはなかなか思い通りにはならない。その快適なリズムが、このところにわかに狂いはじめたのである。

ふだん通りに眠りについて、一時間ほどたつとバシッと目が覚めるようになってきたのだ。再入眠しようと努力するのだが、どうしてもそれがうまくいかない。仕方がないので枕元の本を読む。三十分もたつと自然に眠くなるだろうとたかをくくっていた。ところがこれがなぜか眠くならないのは、どういうわけか。

ふつう就寝するときには、できるだけ面白くない本を読むようにしてきた。固有名詞や年号がやたらとでてくる歴史の本は最適だった。東欧の歴史に関する本などもよく効いた。ページをめくるいとまもなく、眠気が訪れてくるのである。

そのうち、さすがに東欧の歴史にも飽きて、最近は中東の現代史を睡眠薬がわりに愛用していた。

どうやら、それがつまずきのもとだったらしい。この数年、アラブやイスラム世界はつとに注目の的だったからである。

以前はスンニ派とシーア派のちがいなどを読んでいると、眠りの訪れてこないときはなかったのだ。ところが、このところいやでもその辺に関心が集中する。なかなか理解できないと、なおさら意地になってメモをとったり、傍線を引いたりしはじめる。そうなると、もう眠るどころの話ではない。

そんなふうにして時間を過ごすと、その日は確実に睡眠のリズムが乱れる。寝ついて一時間か一時間半あたりで、必ず目を覚ますようになってきた。活字を拾い読みしているうちに、たちまち正午になってしまう。そこから眠ると、午後四時か五時にようやく目覚めることになるのだ。

世の中にあふれている健康本のなかには、かなりユニークな論も多い。人は食べなくても生きていける、という本もある。決して怪しい本ではない。納得のいく主張である。また水は飲むなという説や、運動は体に良くないという本もあった。

しかし、どんなに革命的な健康本でも、ただ一つだけ共通点があった。

それは、早寝早起きのすすめである。煙草もコーヒーも体に良い、と思いきった発言をしながら、それでも早寝早起きを良しとするのが、その世界の決まりらしい。

私はこの点に関してだけは、耳をかさない立場だった。何時に寝ようと、何時に起きようとカラスの勝手ではないか、と内心頑固に思い続けていたのである。

しかし、夜ふかし昼寝の生活も、それなりの規則正しい習慣あってこそだろう。リズムを狂わせてしまったのでは、元も子もない。

安眠のヒントとされることは、すべてためしてみた。室内を真暗にしたほうがいいと書いてあれば、カーテンをビニールテープでとめ、風呂は二時間前に、と教えられればそれも実行した。夜中のコーヒーもやめ、ハーブティーを頼んだ。思いつく限り無味乾燥な本を探しては枕元に並べた。

しかし、これらの努力は、すべてむくいられることがなかった。眠りについて一時間あまりで、見事に目が覚めるのである。そして数時間のち眠りについても、何度となくそれが中断されるのだ。

眠れないままにじっとしているのは苦痛である。しかし、枕元の本を読みだすと、これがとまらない。活字というのは、どれほど内容がつまらなくても、それ自体がおもしろいものなのだと知った。

食べないで生きる人もいる。インドにいくと五十年も眠らずに道に立っている不眠行者もいる。しかし、こちらは眠らないと覿面《てきめん》に仕事の能率が落ちてくる。新聞のコラムを一回書くのに三時間も四時間もかかったりするのだ。

人が死ぬことを、「永遠の眠りにつく」などという。眠れないと悩むことは、無意識に死を恐れていることなのだろうか。

いや、私の場合は、眠れないわけではない。間欠的ではあるものの、睡眠時間は十分に足りているのだ。問題はそのリズムである。非常識であっても、リズムさえちゃんと保つことができれば、万事ＯＫなのである。

羊の数を数えるのはつまらないので、お金を数えてみることにした。かつて累進課税がいちばん高率だったころのことを考えたりしていたら、かえって眠れなくなった。当時は、地方税や予定納税などを合算すると、収入の一割ほどしか手取りがなかったのである。

これではいけないと、日本の人口のことを考える。明治元年に三千四百万人あまりだった国民の数が、敗戦の頃には七千二百万に増えている。一億人を超えたのが一九六七年。オリンピックのくる二〇二〇年前後には、成人の約三人に一人が六十五歳以上であるというのだ。

考えているうちに、かえって目が冴えてきた。永遠の眠りでなく、平穏な眠りは、いつ帰ってくるのだろうか。

健康法は面白がってやる趣味

最近、いつのまにか一日一食の習慣がついてしまった。

午後に目を覚まして、夕方まで雑用をこなす。毎日、やたらと数多くのＦＡＸやら郵便が届くのだ。山中の仙人ならともかく、世の中で暮していくというのは、そういうものである。雑事は体の垢のようにたまってくる。その都度かたづけていかないと、厄介なことになるのだ。

夕方からいろんな人に会う。いつのまにか夜になってしまっていて、まだ食事をしていなかったことに気づく。

夕食というか、夜食は、それなりにきちんととる。そのうち深夜。

私たち文筆を稼業にしている人種にとって、それからが本番である。午前零時ごろ原稿を書きはじめて、気がつくと朝だ。風呂にはいって、ベッドの中で本を読んでいるうちに、いつのまにか眠っている。

「きのう食べたものをあげてごらんなさい」

と、言われたことがあった。週刊誌の認知症テストが話題になっていた頃だ。

これがどういうわけか、すぐに思い出せない。

「きのうじゃなくて、おととい食べたものなら、ちゃんと憶えているんだけど」

「いや、きのう食べたものを答えてください」

「うーむ」

三食どころか、一日一食しか食べていないのに、すぐに出てこないというのはどういうわけか。

「朝食から順番に思い出してみるといいですよ」

「朝食は食べていない」

「では、昼は？」

「昼は寝ていたから」

「じゃあ、夕食は憶えているでしょう」

「夕食ったって、夜食みたいなもんだからね」

「これじゃ、テストになりません」

と、相手が呆れて、それ以上、追及されなかった。

一日一食で、体調はどうか。

それが不思議なことに、とりたてて不自由はないのである。鏡を見ても、べつに痩せた感じはしない。このところずっと体重を計ったことがないのだが、たぶん五五キロから五七キロの間といったところではあるまいか。昔、二十歳の頃がそれ位で、本当はもう一、二キロ肥りたいところだ。

最近、流行の説では、痩せ型よりも、少し小肥りのほうが長生きするらしい。先頃までメタボが目の敵にされていたのに、常識というのもいい加減なものである。

一日一食で、さほど飢餓感がないというのは、あまり運動していないからだろう。頭は使うが、首から下は右手しか使わない。一日一万歩どころか、千歩も歩いていないのではないかと思う。それでもなんとか生きている。

いまの私は、決して健康ではない。俗に八十歳をこえると八つの病いがある、という。それはまちがいない。下肢の慢性的な痛みにはじまって、前立腺の肥大やらその他、自覚症状だけでも確実に五つはあるからだ。

もし病院にいって細かくチェックしたら、八つどころではない。十も二十も問題点が指摘されるだろう。そのうち突然、倒れて病院にかつぎこまれるのは必定《ひつじょう》と覚悟している。

早寝早起きが大事だという。三食きちんとバランスのとれた食事をしろという。病気は早期発見、早期治療が常識だという。その通りだ。これっぽっちの異論もない。ただ、世の中は理屈通りにはいかないものだと感じているだけである。

人生は思うままにはいかない。それがわかっていても努力することが大事だという。その通りだ。私も、できるだけ病院のお世話にならないように努力しているつもりである。しかし、その努力とは、苦しみを耐え忍んでの努力ではない。食べたい気持ちを必死でこらえながら一日一食の日々を送っているわけではない。

食は文化であるという。その通りだと私も思う。しかし、それは過度に食生活や食文化を軽んじた思想に対しての批判ではあるまいか。食うことを蔑視した過去の清貧《せいひん》主義への抵抗として重みがあるのだ。

大学生の頃、私は食うや食わずの貧乏生活を送った。ピーナツバターつきのコッペパン一個を口にするために、売血所の行列に並んだりもした。二〇〇CCの血液をダブルで抜くと、一週間は食べられる。売血は売春と同じことだ。文字どおり身を売って食物を得るのである。

ひょっとすると、私の意識下には食に対する潜在意識的な敵意がひそんでいるのかもしれない。もし食わずに生きることができたら、たぶんそうするのではないか。カスミを食って生きるのが、私の夢である。

周囲を見回すと、いわゆる健康情報に振り回されて右往左往している人が多いことに気づく。かく言う私も、健康とか養生とかいう記事は丁寧に読んでいる。そしてその都度、自分も試みてみようかと思う。

しかし、それは私にとって面白がってやる趣味の一つだ。まちがっても「健康は命より大事」などとは考えない。

一日一食の日々は、はたしていつまで続くのだろうか。そのうち一日無食などという仙人みたいなことになったらどうしよう。不安でもあり、楽しみでもある。

第五章　老人もまた荒野をめざす

共感よりも世間の無意識を探る

このところ、すこぶる体調が悪い。

歩くのがやっと、という日もある。あそこが痛い、ここの調子がよくない、とぶつぶつ文句ばかりいいながら日を過ごしている。

専門医に診てもらえば、即、原因も、治療法もわかるはずだ。よく効く新薬も、きっとあるにちがいない。

そうわかっていながら、病院にいかないというのは、一体なんなのか。

もともと怠け者なのだ。面倒なことが嫌いで、顔も洗わない日がある。手を洗わない、ときどき歯も磨かない。髪の毛は洗わないで半世紀すごしてきた。

最近、なにが面倒だといって、爪を切るのが厄介である。「苦髪楽爪《くがみらくづめ》」とかいうが、やたら爪がのびるのだ。人目につく手の爪は切る。だが、足の爪までは手が回らない。おかげで靴下の親指の部分だけが、よく穴があく。過日、某文学賞の選考会で、しかるべき料亭に参じたときは大あわてした。靴を脱いだときに、靴下の爪先の穴に気づいたのである。こっそりトイレにいって、マジックで塗ろうかとも思ったが、畳を汚すのも悪いので、ずっと足先を隠して坐っていた。

靴下も、服も、カバンも、長く使っていれば、あちこち不具合がでてくる。当然のことだ。まして八十年以上働いてきた体に、調子が悪いところがでてきたといって驚くことがあろうか。

「歯というのはですね、そもそも五十年ぐらいしかもたないようにできているんです」

と、歯科の先生がいっていた。

「人間が長生きし過ぎて、神様も計算が狂ったんじゃないですか」

そこでインプラントとかが発明されるのだろう。要するに不自然に生きているのである。

人間は年をとる。次第に心と体に不具合がでてくる。そして限界がくると、自然にこの世から退場した。

そのリズムが、いつの頃からかおかしくなってきた。学校にたとえるなら、入学してくる子供が少くなる一方で、卒業すべき生徒が卒業しない。高学年の生徒ばかりが増えていく。

ある出版社の気鋭の編集者が、新しい本の企画をもってやってきた。

「ぜひ語り下ろしでお願いしたいのですが」

すでにタイトルは決めているという。最近、そこまで積極的な編集者はめずらしいので、たずねてみた。

「どんな題名を考えてるんですか」

「『嫌老社会《けんろうしゃかい》』です」

彼は言下にそう答えた。

「もしくは『厭老論《えんろうろん》』はどうでしょう」

「はーん」

たしかに的はずれの企画ではない。いまの時代の大衆の感情に、どこかで触れているところがあることはたしかである。

深沢七郎さんの『楢山節考《ならやまぶしこう》』は、凄い小説だった。そこでは老人たちが自発的に卒業しようとする。その志《こころざし》が感動的だった。読みながら、深い慚愧《ざんき》の念をおさえることができなかった。

「おもしろいね」

と、私は答えた。

「でも、いま一つだと思う」

「どこが物足りないんですか」

と、近頃の編集者にしては、粘りづよく追及してくる。

「うーん」

うまく説明できないのだが、おもしろい本というのは、世間にたしかに存在するものに触れるだけではだめだと私は思う。いまの世の中には、高齢社会を厭《いと》う気分がまちがいなく存在する。

それは当然だろう。汗水たらして働いて、その賃金のなかから保険料を払って見ず知らずの高齢者世代を支えるのだから。いまどき親を養うだけでも大変なのである。

「共感、じゃだめなんだ」

しかし、そこを突いただけでは、新しい本をつくる意味はない。すでに世の中に存在しているものに触れただけでは、コロンブスの卵にはならないのだ。

〈そうだよな。オレも前からそう思ってた〉

と、読者が共感するだけではお金を払って本を買ってもらう意味はない。

〈そんな――〉

と、最初は意外に思いつつ、

〈うーん、そうか。自分たちは、本当はこんなことを感じていたのか〉

と、読者が意識したことのなかった世界をさし示してこそおもしろいのだ。大衆社会の無意識に触れるとは、そういうことではないのか。

「共感、じゃだめなんだと思う」

と、私は説明した。

「最初は抵抗感とか、意外な印象があって、やがていやいや納得する、というのがおもしろいんじゃないだろうか」

「たしかにそうですね。もう一度、その辺をもみ直してみましょう」

意外にすんなり私の暴言を認めてくれた。いまの若い人たちには、そういうねばりがなさすぎるような気がする。ちょっとさわってみて、共通感がないな、と感じると、さらりと引きさがる。共通点をさぐるのは面倒なのだろう。打てば響くように、ひと言、ふた言で通じ合える相手がいくらでもいるからだ。

「こっちは猒がられるほうの立場だからね。ＮＯ！　と強く主張する側に書いてもらったほうがおもしろいよ」

「そうですね」

と、うなずきながらも笑顔をくずさないところが、なかなかのエディターだった。

現役勤労世代の悲鳴がきこえる

目下、この国が抱えている問題は、などと書くと、いかにもエラそうだ。私はそちらの方にうとい人間で、いつも自分の直面している問題のことばかり気にしてきた。脚が痛いとか、視野が狭くなったとか、体調の不良が当面の大問題である。しかし、それでも時々、こいつは大変だなあ、と、ふと深刻に考えこむ時もないではない。たとえば、使用済み核燃料の処理をどうするのか。素人が考えても空恐ろしい問題である。

もう一つ。

何度もくり返して書くようだが、超のつく高齢社会の将来である。

よく「少子高齢化問題」などというが、私はずっと「少子化問題」と「高齢化問題」は、分けて考えたほうがいいような気がしていた。

しかし、最近になって、この二つの問題がじつは大きくリンクしていると思うようになった。

床屋政談みたいな話だが、笑われるのを承知で私見を述べさせていただく。

まず、少子化はなぜ生じたのか。

それは年寄りが増えたせいだ。

この国の高齢化の問題は、かなり以前から論じられてきた。しかし、どこか未来の話のようなのんびりした語調だった気がする。

だが、今や戦後の一時期に生まれた団塊の世代約七百万人が、いよいよ高齢者の仲間入りをするのである。数字をあげて説明する必要もないだろう。右をみても、左をみてもお年寄りという世の中になるのだ。年金で暮らすリタイア組の人数が、圧倒的に増えることになる。

世の中は、「世話をする人」と、「世話になる人」から成っている。

「世話をする人」たちというのは、現役の青壮年グループである。二十歳から六十五歳ぐらいまでだろうか。

その世代は、日夜、汗水たらして働いて、二つのグループの「世話をする」。つまり、子供と、老人をサポートするのである。子供は当然、世話をしなければならない。十八歳で選挙権をもつことになったとはいえ、オギャアと生まれてから一人前になるまでは「世話になる人」だ。

もう一つのグループは、お年寄りである。最近では百歳の長寿に恵まれる超高齢者も増える一方だ。現役世代が月給の中から天引きされている厚生年金は、自分たちの将来のために積立てられているわけではない。

子供と老人、この両方の和が、「世話になる人」の数である。しかし現役青壮年世代がお「世話をする」力にも限界があるだろう。賃金の半分を社会保険や社会福祉のために引かれたりすれば、自分たちの暮しが成り立たないではないか。

そうはいっても、高齢者世代の激増は待ったなしだ。どうするわけにもいかない現実である。

以前、地方都市の一部では、百歳に達した市民には、首長からお祝いの金一封が贈られる慣習があった。市役所の人が、お宅に参上して、お祝いを手渡したものだ。最近きいて笑ってしまったのは、百歳になられた長寿者みずからが、軽乗用車を運転して市役所に祝い金をとりにこられたという話。九十歳を過ぎてポルシェを運転する元気な高齢者をテレビでみたから、まんざら作り話でもあるまい。

「世話をする人」の能力にも、限りがある。そうなると子供と老人がとめどなく増えることは不可能である。「世話になる人」の膨張は、心理的なプレッシャーとして社会に反映する。「世話になる人びと」、つまり老人と子供の総和には、臨界点があるのだ。耳をすませば、もう勘弁して欲しい、という現役勤労世代の声なき悲鳴がきこえてくるような気がする。

使用済み核燃料は廃棄できても、人間を廃棄することは許されない。加速度的に激増する高齢者グループを、大事にお「世話する」と決意すれば、「世話になる人」の数を減らすしかないだろう。つまり、少子化の道を選ぶしかないのである。

最近、話題の人口論のなかでも、そのような意見は、すでに十年以上前に、松谷明彦氏がその著書の中で出されているという（『「人口減少経済」の新しい公式』）。しかし、なぜかそれほど大きな話題にならなかったのは、たぶん私たちが本当は触れたくない無意識の部分に触れるところがあったからかもしれない。

私たちはこの社会を築いてきた先輩に対して、尊敬と親愛の情を抱いている。それと同時に、未来をになうべき子供たちに期待するところも大である。

しかし、生物の本能というのは、自分たちが生き残ることをおのずと求めるものだ。右の肩に高齢者世代を、左の肩に年少者世代を負って生きよ、と現役世代に頼むのは虫が良すぎるのではないだろうか。みずからも高齢者グループの一人として、つくづくそう思う。

年寄りが減らないから子供が増えない、などというのは、暴論とみなされても仕方がない。しかし、実際はそうではないのか。

先日、あるコミックのなかに、「老人駆除隊」という表現をみて、思わず絶句した。漫画やアニメなどの世界は、その時代、その社会の目にみえぬ深層意識に触れるところがあるからである。

「年とった親の世話もしなきゃなんないのに、子供まで養えるわけないだろ」という声なき声が少子化につながっている、と感じないではいられない。

さて、ではどうするか。きょうも迷いながら生きている。

格差は高齢になってあらわになる

今年、八十歳以上の老人の数が一千万人をこえたという。テレビのニュースでそれをきいて、本当にびっくりした。

もちろん、私自身もそれら老人群の一人である。しかし、「高齢化社会」などについて発言したりしているくせに、なかなか自分では実感がともなわない。

この国の歴史のなかで、未曾有のことがおこりつつある。八十歳どころか、九十歳、百歳、それ以上生きる人びとが、ぞろぞろでてくるのだ。

こんな時代は、かつてなかった。昔は立派な老人あつかいだった世代が、いまは現役である。

「七十、八十は洟垂《はなた》れ小僧」

などと言われかねない。

オリンピックが開催される頃には、いわゆる団塊の世代六百数十万人が雪崩《なだれ》をうって高齢社会に仲間入りしてくる。

オリンピック、パラリンピックと同時に、「オールドリンピック」があってもおかしくない。六十歳、七十歳以上のアスリートが世界中から集うというのはどうだろうか。

しかし、いくら高齢化社会の到来といっても、人は永遠に生きるわけではない。生あるものは必ず死するのである。高齢化の高波も、引くときは壮観だろう。「高齢化社会」の次にやってくるのは、「少生多死社会《しょうせいたししゃかい》」ではあるまいか。

少子化の流れは、当分続くと思われる。つまり「少生」である。そして大量の私たち高齢者が、やがて潮が引くように一斉に退場していく。すなわち「多死」の時代である。

この数十年間、死の問題はさまざまに語られ、論じられてきた。だが、いよいよ私たちは「少生多死社会」の現実と、真向からむきあうこととなるのだ。

高齢者はすでにビジネスのターゲットである。やがて死もまた、有望な市場として注目されるようになるかもしれない。「高齢社会」のあとにくる「多死社会」は、はたしてどのようなものだろうか。

などと、他人ごとのように書いているが、自分自身の生死のことも忘れるわけにはいかない。さて、どうするか。

私は若い頃から、自分を親不孝者だと思ってきた。心中、いつも自分を責める気持ちがあったのだ。しかし、ある年齢に達したときから、

「両親より一日でも長く生きればよい」

と、考えるようになった。それがせめてもの親孝行である、と勝手に決めたのである。

私の両親は、いまの常識からいえば、共に短命だった。母は四十代で、父は五十代で世を去っている。

だから自分が母の没年をこえたときには、ほっとする気持ちがあった。やがて五十代半ばを過ぎて父親より長く生きたときは、両肩の荷をおろしたような安堵感をおぼえた。永年の親不孝の千分の一ぐらいは返せたと感じたものだった。

私の両親は、私の目からみると、「見るべきものを見得ず、為すべきことも為さず」して世を去ったような気がする。二人ともそれなりの人生の充実感はあったかもしれない。しかし、いまの時代からふりかえってみると、やはり「途上の死」である。

「人生五十年」

といったのは昔の話だ。いまは、

「人生百年」

と、堂々と宣言する。しかし、百歳以上の長寿者が世にあふれる光景というのは、はたしてどのようなものだろう。

「元気で長生き」

というのは、人間の理想である。欲であり、希望である。実際には、なかなかそうはいかない。要介護の状態で生き続ける現実は、ある意味で切ない。

世の中の格差は、高齢になったときにあらわになるものだ。

そもそも人によって身体のコンディションが、まったくちがう。ぜんぜん歯磨きをしないのに自分の歯が全部そろっていて、堅焼きせんべいなどもバリバリ嚙み砕くご老人もいらっしゃる。食事のたびに丁寧なブラッシングを怠らない人が、若い頃から総入歯だったりもする。視力、聴力、脚力、すべて格差だらけだ。

最近にわかに話題になっているのが、高齢者世代における経済的格差である。

今のアメリカでは、高齢者のあいだで、いわゆる中間層がきわめて薄いという。預金や、株や、不動産などを十分にたくわえている少数の高齢者と、ほとんど貯金もない多数の老人が存在するらしい。

いまさらいうことでもないが、アメリカでおこることは、やがてこの国でもおこる。そして健康面と経済面での格差は、高齢社会ではより際だつこととなるだろう。

若いときの貧乏をいいとはいわないが、年をとっての格差はどうしようもない。私自身、夜もぐっすり眠れず、活字も読みづらく、歩行さえままならないときがある。先日も雑誌の対談のあと、靴をはこうとして転倒しそうになった。バランスの感覚が低下してしまっているのである。

昔は片脚立ちで何分間も平気だった。いまは三十秒ももたない。これでは「オールドリンピック」など、観戦も無理だろう。

しかし、何はともあれ、両親よりは長く生きたのだ。そのことを有難いと思い、愚痴などこぼさずに日々を送るしかない。

そう自分にいいきかせながら、夜明けの光がさしこむ部屋で机に向かっている。

去り方が一変したと覚悟する

年をとってくると、下半身がたよりなくなってくる。足がふらつくとか、小股でチョコチョコ歩くとか、膝がのびないとか、いろいろだ。

自分でも、もどかしくて仕方がない。つい十数年前までは、階段が大の好物だった。長い石段や急な階段を見ると、血がさわぐ。舌なめずりしながら挑戦したものである。室生寺の七百数十段の石段を、三度往復したことがあった。いま考えると嘘のようだ。

あれはテレビ番組の取材のときだったが、リハーサルで一回、本番の撮影で一回、その後、スチール写真の撮影のためにもう一回のぼり降りした。さすがにそのときは、脚がガクガクして息も絶えだえだった。

ところが今では駅で階段を見ると、うんざりする。荷物をもっているせいもあるが、すぐにエスカレーターを探す自分が情けない。

人間の衰えは、下のほうから順々に上へとあがってくるようだ。昔は足腰がしっかりしている、というのが高齢者に対するほめ言葉だった。いまはあまり足腰のことはいわない。

「まだ頭がしっかりしていらっしゃる」

と、いうのが評価の基準になっているようだ。

将来は「認知症患者五百万人時代」がくるとかいう話もある。こういう時代には、足腰よりも、まずアタマ、というわけだろうか。人間を評価する基準が、下から次第に上のほうにあがってきたのだ。

「あの人は腹がすわっているよね」

と、ほめたりする。胆《きも》が太い、などともいった。

「キモに銘じます」

というのも、腹のあたりだろう。それがさらに、胸にあがってくる時代になった。

「胸が痛む」

とか、

「君の思い出を胸に秘めて」

とか、大事なものが腹から胸へとずりあがってきて、

「胸がはり裂けんばかりの悲しみ」

などという時代になると、ついにハートを人間感情の中心と考えるようになった。バレンタインのチョコレートや、誕生日のケーキなどにも心臓のマークが描かれたりする。

腰、腹、胸、とあがってきて、どのつまりが頭である。「アタマにくる」などという。

最近は高齢者でも体の丈夫な人が多い。その原因は三つあるそうだ。まず栄養。これは昔にくらべると大進歩。食品公害の問題はべつとして、戦後しばらくとはくらべものにならない。

二つ目が医療の発達。病院が患者をつくるという見方もあるが、とりあえず予防の面でも昔より進んでいる。

三つ目に健康知識の普及。

最近のテレビ番組では、健康をテーマにしたものがやたらと多い。書店でもビジネス書、自己啓発関係とならんで、健康に関する本が目白押しだ。

ガンで死ぬ人が増えている、などと警告を発する記事をよく見かける。当り前だろう。

圧倒的に高齢者が増えているのだから、病人も増える。亡くなる人も激増する。そんななかで、しぶとく生き抜く高齢者のかたがたは歴戦のつわものぞろいだ。やたら丈夫なお年寄りが目立っても当然である。

そんななかで、気になるのは、なんといってもボケることだ。認知症に関しては、なおせない。

なおらない。

ふせげない。

この三つが常識であるそうな。いろんな新薬や画期的な治療法などが時おりマスコミをにぎわすが、結局は尻すぼみに終る。

年をとるということは、フィジカルな現象だ。体も、頭も、酸化する。要するに錆びるのである。それをおくらせることは可能かもしれないが、止めることはできない。

最近はお年寄りが世の中から粗末にされている、という議論が多い。昔は家族に見守られて世を去る老人が沢山いたという。それは当り前だろう。なんといっても、昔は高齢者の絶対数が少かったのだから。

長老は村に一人か二人いればいい。何百人もの長老がいては、混乱がおきる。希少価値があるからこそ大事にもされるし、うやまわれる存在だったのだ。

しかも、孫や、子供の数が圧倒的に多かった。だからこそおジイちゃん一人を沢山の子や孫が囲む和やかな老後があったのである。高齢者が何人もいて、子や孫がそれより少かったらどうなるのか。

父方と母方の両方の祖父母がご健在、という幸せなサラリーマンがいるとしよう。奥さんの祖父母も四人お元気でご両親はみな高齢者だ。そして子供が一人。

もしその中のだれかが危篤となったら、どうだろう。全員とはいかずとも、駆けつけてこられたかたがたの平均年齢は想像にかたくない。

下半身から始まって、ついに頭にきた時代の生き方、老い方は、昔とはちがう。まして去り方は、すっかり一変してしまっている。そのことを、あらためて覚悟しておく必要がありそうだ。

老人ホームに自らおもむく

先日、ファミレスで和牛ハンバーグ定食を食べていたら、家族四人の客がはいってきた。

ちょうど夕食の時間である。小学生と中学生と思われる子供二人に、その両親。最近は夕餉《ゆうげ》の卓を一家で囲むスイート・ホームばかりではないらしい。文字どおりファミリー・レストランらしい光景だ。

家族四人が手ばやく注文をすませると、すぐさま子供二人が携帯をとりだした。するとパパとママもさっさとスマホを手にして、なにやら画面を熱心に注視する。

ウエイターの数が足りないせいか、頼んだ品がなかなかこない。その間、家族四人がまったく無言で、それぞれの携帯に没頭している。親も親なら子も子だ。

私のように独りでファミリー・レストランにくるのもわびしいが、最近のファミリーはもっとさびしい。せっかくの夕食の時間である。せめて一台のスマホをかこんで、皆でガヤガヤやるくらいの団欒《だんらん》風景はありえないのだろうか。余計なお世話だが、隣りのテーブルで食事をしながらそう思った。

やがて注文の品がとどく。家族四人、それぞれメニューがちがう。

むかしは父親が「ハヤシライス！」などと最初に宣言すると、

「ぼくもハヤシ」

「あたしも、それ」

などと全体主義的にメニューがきまったものである。今はそうではない。四人家族が各人各様、見事に自己主張をつらぬく。

「すみませーん。お待たせしましたー」

と、後期高齢者とおぼしきウエイターが不慣れな手つきで皿を配りおえると、皆がいっせいに食事をはじめる。その間も親子四人は終始無言で、携帯は握ったまま。片手でフォークを使いながら、一方の手で携帯を素早くあやつる。

食後のコーヒーを飲みながら、ふと考えた。

あと四、五十年もたてば、やがて若い両親も要介護の老人になるのだろう。その頃、この子供たちがはたしてパパやママの面倒をちゃんとみるのだろうか。

老人ホームにはいりたくてはいる老人などいない、と上野千鶴子さんは言ってらした。本当は誰もが自分の城として築いたわが家にいたいのだ。その気持ちを押し殺して、ホームにおもむくのである。たとえ名義は自分のものでも、すでに城主は当代であるから仕方がない。

「特養落ちた、日本死ね！」

などという発言がでてきそうだが、地方によっては老人ホームの空きが結構あるのだそうだ。

そのうち公的な老人ホームが続々と建てられて、望むと望まざるとにかかわらず後期高齢者がそこに送られる光景は、どこかおそろしい。強制収容所のイメージが、ふと頭に浮かぶからである。

しかし、家庭もまた「スマホ砂漠」であるとしたら、そこに幸せな老後などはたしてありうるのだろうか。

「絆《きずな》」

と、いう言葉が目につくのも、その辺の危機感からだろう。人間関係のつながりをとりもどそうという発想は痛いほどにわかる。

しかし、私個人としては、その「絆」の大合唱に、ときとしてある種の違和感をおぼえたりするのも事実である。

「絆」というのは、私たちの世代にとっては、言葉にならないプレッシャーの一つだった。

広辞苑を引いてみると、「絆」という項の第一語義は、

〈①馬・犬・鷹など、動物をつなぎとめる綱〉

となっている。〈②断つにしのびない恩愛。離れがたい情実〉という第二語義にしたところで「係累《けいるい》」「繋縛《けいばく》」などという表現がついてくる。

「係累」という語感には、どこかに重荷というニュアンスを感じさせるところがある。

〈つなぎしばること〉〈身心を拘束するわずらわしい物事〉とも解説してある。

「繋縛」にいたっては、ほとんどマイナスイメージだ。

〈つなぎしばること。また、そのもの〉

私たちの世代にとって、「絆」とは大きなプレッシャーだった。血縁の絆にしても、地縁、職業の絆にしても、それを断ちきり、自由になることが青年期の夢だった。

その絆から逃れたくて、あえて「砂漠のような東京へ」と脱出をはかったのではなかったか。

老人ホームを現代の楢山《ならやま》にしないためには、施設や介護の充実をはかるだけでは無理だろう。そこに自らすすんでおもむくご当人の決意、覚悟のようなものが重要なのである。青年だけが荒野をめざすのではない。老人もまた荒野をめざす時代なのだ。

しかし、そこには「認知症の荒野」という厄介な陥穽《かんせい》が待ちかまえている。「認知症患者五百万人時代」は、もうすぐ目の前まできているらしい。

なおせない。

なおらない。

ふせげない。

この三つの認知症の常識を、私たち現代人はどう乗りこえていくのだろうか。まだ曙光は見えていないようだ。「人生百年時代」という掛け声を耳にするたびに、「科学」と「宗教」、この二つ以外に、なにか新しい第三のヒントはないものかとしきりに思う。

第六章　この国で生きていく

老人に必要なものを作る発想

最近、めっきり物を買わなくなった。国民経済の立場からすると、需要が増えないということは困った傾向だろう。

なぜ購買意欲が激減したかといえば、ひとつは年齢のせいかもしれない。若い頃のように、あれが欲しい、これが欲しいと体の芯がうずくような感じがないのである。

これからは、世の中に高齢者がますます増えてくる。若い世代の比率がさがってくる。この国の経済を活性化するためには、なんとか老人世代の欲望を刺戟《しげき》するような商品を開発するしかないのではないか。

私は経済のことはからきしわからないが、いろいろ思いつくことは多い。たあいのないアイデアではあるが、実生活から生まれてくる提案である。

安いものを沢山輸出して外貨を稼ぐ、というのが、かつてのこの国の経済だった。もう、そういうやり方は通用しない。うんと高価なものを作って、私たち高齢世代の財布のひもをゆるめることが大事だろう。

このところ、貯金がある世帯の数は、大きく減っているらしい。それでいて、貯金をする人は増えているという。よくわからない話だが、なんと年金生活者の貯金が増えているときいて、びっくりした。

年金暮し、といえば、どことなくギリギリの耐乏生活を想像する。だが、実際には結構、余裕のあるお年寄りもいらっしゃるらしい。

年金の中から貯金する人びとの動機には、いろいろ考えられる。

ひとつは将来への不安である。この先も国や家族がちゃんと面倒をみてくれるかどうか。また、なにか不測の事態がおこったときに対応する手段があるか。それを考えると、苦しい中からでも貯金するという気持ちは、わかるような気がする。

その辺を考えだすときりがないのだが、話を元にもどして、今後とてつもない増え方をする高齢者世代にどんどんお金を使ってもらう方法は、はたしてあるのか、ないのか。

私が空想するのは、この国はもう大きなもの、安いものを作ってもダメかもしれない、ということだ。

ごく小さなもので、値段は高いが、とびきり質の高いものを作る。耳の遠いお年寄りのための、すばらしく機能のよい補聴器が、なぜこの国で生まれないのだろう。補聴器の本格的なものは高い。ドイツ製で何十万円もする製品もある。それでもなお、ユーザーの満足度は決して高くはない。

筋力のおとろえをサポートする器機も、いろいろでている。感心するほど性能のいい製品もある。しかし、いま一つという印象はぬぐえない。

眼、歯、耳などに関する悩みは万国共通のものである。これをすっきり解決してくれる手段があるなら、世界の高齢者は百万金を投じても悔いるところはないだろう。

日々の暮しの中での快、不快というのは、その人の人生観をも左右する。

これほど高度な医療が発達した時代に、ちょっとした体の不調に対応するすべがないことは、素人としては全く納得のいかないことなのだ。

私はまだ自分の歯がかろうじて一部残っているが、もし総入歯になったときは、フェラーリ一台分の代金を払ってでも具合いのいい入歯を手に入れたいと思う。

超豪華なヨットを所有したり、自家用ジェット機を何機ももっている大富豪でも、あちこち体の不具合いを抱えている人は少からずいるのではあるまいか。

補聴器のポルシェ、入歯のロールスロイスみたいな製品を作りだすことが、この国の技術の本領ではあるまいか。

ある程度、年をとってくると高価な腕時計とか、オーダーメイドの外国の靴などには、あまり関心がなくなってくる。使いこんだ古い品物と一緒に年を重ねるのは、悪くないものなのだ。

国内のみならず、全世界の高齢者が、どんなに高価であっても欲しいと熱望するような、そんなメイド・イン・ジャパンの製品が生まれる未来を考えると胸が躍るところがある。

目下の私の悩みの一つは、毎日、何度となく老眼鏡がどこかに消えることだ。ときには何時間も部屋中ひっくり返して探すこともある。これほど電子機器が発達した時代なのだから、何かボタンひとつ押せば光が点滅するとか、音が鳴るとか、行方不明になった老眼鏡が一発でみつかるような工夫はないものだろうか。

ときには頭にのせたままの老眼鏡が鳴って、苦笑させられることもあるだろう。しかし、同じ悩みを抱えている何百万人もの高齢者が世界にいるだろうことを、私は疑わない。

高齢者が物を買わないのは、決してケチだからではない。皆が皆、将来の不安のために貯金に走っているわけでもあるまい。物を売る側が、若い世代のほうへ顔を向けっぱなしで、私たち老人が本当に必要とするものに無関心だからだ。

いわゆる団塊の世代が、いよいよ高齢者の仲間入りをする時代がきた。これからの経済も、根本から発想を変える必要があるのではないだろうか。

またもや行方不明になった老眼鏡をきょうも探しながら、しみじみそう思う。

長生きして垣間見たい世界

最近、車の自動運転システムの話題が、テレビや雑誌でしばしば取りあげられている。映像で見ていると、ドライバーの目の前でハンドルが勝手に動くのが変な感じである。追越しや車線変更どころか、駐車まで勝手にやってくれるというから、すごい話だ。

メーカーは二〇二〇年あたりには、実用化する計画をたてているという。もし、実現したなら、大変なことだと思う。

なにしろ行先を指示しておけば、後は勝手に目的地まで運んでくれるというのだから、夢のようなシステムである。しかし突然とびだしてくる自転車や、信号無視の暴走車などには、どう対処するのだろうか。前方に障害物を察知して急ブレーキをかけたりすると、後方の車に追突されはしないか。もし万一、想定外の事故をおこしたりした時、責任はどこにあるのか。などなど、いろんな疑問が雲のようにわいてくる。

しかし、人類の歴史をふり返ってみると、不可能と思われたことの大半は実現しているのも事実だ。

空を飛ぶなどという考えは、昔は空想にすぎなかった。いまでは当り前のように格安航空機を利用している。そう考えてみると、車の自動運転などは、それほど驚くべきことではないのかもしれない。

現在、世界は未曾有の高齢社会化へむかってつき進んでいる。資本主義というシステムは、常に新しい市場を求めて徘徊する。ピンチをチャンスに変えて生き延びてきた資本主義が、この高齢化を見逃すわけがない。新たなサブプライム層の広大な市場が、そこには開けているからだ。

老人相手の商売といえば、昔はモモヒキだの安楽椅子だのといった古色蒼然《こしょくそうぜん》たる品物や、掛け軸、日本刀、盆栽、などが多かった。

最近ではサプリメント類の売上げが一兆円をこえる、という話もある。

しかし、いくらせっせとセールスをしても、そのたぐいでは限界があるのではないか。

このところ高齢者の交通事故が、にわかにマスコミをにぎわしはじめた。もちろん以前から高齢者の事故は少くなかった。しかし、最近はすべてのニュースが、事故をおこした運転者の年齢を、目立つように報じている。もちろん、これはヒガミである。しかし、高速道路を逆走したり、歩道を暴走したり、アクセルとブレーキを踏みまちがえたりする事故が、このところ高齢者に集中していることも、事実である。

「老人が車を運転するのは、危ないんだよ。七十歳以上は免許返上にすればいいんだ」などと乱暴なことを口走るやからが出てくるのも、いたしかたないことかもしれない。

高齢化にともない、この国だけでも数百万人の認知症予備軍がいると、数字を示されて暗澹《あんたん》たる気持ちになった。加齢とともに心身のエントロピーは進んでいく。これは自然のことであり、それに逆らうことはできない。

視力、聴力、反射神経、判断力、その他あらゆる機能が加齢による老化を示すのだ。そして車の運転という行為は、人命にかかわる問題である。そこが問題なのだ。

しかし、現実には買物や診療所にいくにしても、バスも、地下鉄も、なにもない地域がある。軽トラが唯一の移動の手段であるような高齢者に、運転をやめろとは言えないのではないか。

さらに複雑なのは、格差の問題だ。経済的な格差ではない。老化の格差である。健康の格差であり、体力の格差である。

私の先輩には九十歳を過ぎても、ほとんど自前の歯が残っている人がいる。テレビでも百歳をこえて百メートル走に挑む元気な老人の姿がくり返し放映されていた。健康の格差は、経済力の格差以上に、人生の不条理を感じさせる問題だ。

もしも本当に自動運転が安全、かつ実用的であるならば、それは高齢社会の一つの希望といっていいかもしれない。

なにも特別なマークなどつける必要はないのだ。ひと目で高齢者用自動運転車とわかるデザインで、しかも魅力的な車をつくる。若い人たちは、ほとんど車に興味はないようだから、そんな世代におもねる必要はない。ある程度の余裕のある高齢者たちが争って自動運転の車を買う流行がおこれば、新たな自動車の市場も生まれるというものだ。

私自身は、まだ自動運転のシステムに首をひねるところが数々ある。しかし、人類は常に不可能と思われることを実用化してきた。そう考えると、再び諦めていた車との縁がよみがえってこないとも限らない。

今月は仕事の関係で、北陸新幹線に三度も乗る機会があった。考えてみると、あれも一種の自動運転のシステムに身をまかせていることになる。目的地への切符を買うだけで、あとは自動的に終点まで運ばれるのだから。

ドイツの車にはドイツらしさがある。エンジンからシートまで歴史と民族性を感じさせるのだ。フランス車にはフランスの、イタリアの車にはイタリアの風が吹いている。メイド・イン・ジャパンの車にもようやくその感じがでてきた。いつか自動運転のシステムにも、そんな洗練された感覚が生かされるようになったら、さぞ楽しいことだろう。なんとか長生きして、その世界をかいま見たいものだと、ひそかに思う。

日本化か、グローバル化か

何年前のことだったか、かなり昔の話なので記憶がさだかではない。

中央公論社から『蓮如――われ深き淵より――』という本をだしたことがある。これは小説ではなく、私としてはめずらしい戯曲だった。そのほかに『蓮如物語』という子供向けの本も書いた（角川書店刊）。

これらを原作に、アニメーション映画を作りたいという申入れがあって、私は快諾した。坊さんの話を映像化するなどという企画は、めったにないことだからである。

やがて、製作発表の記者会見に顔をだすようにと連絡があった。会場がどこだったのかは忘れてしまったが、それなりに立派な場所だったはずだ。

いろいろ製作スタッフとの質疑応答があって、やがて原作者の私が記者の質問に答える番になった。

一応、儀礼的なやりとりのあと、一人の記者がきいた。

「えー、今回の主役の蓮如上人の声を演じる俳優さんは、Mさんですが、原作者としてなにか違和感のようなものは、おありではなかったんでしょうか」

何人かの記者が笑い声をたてた。Mという俳優さんは、しばしば任俠映画の主役を演じて人気を集めた大スターだったのである。

「違和感といいますと？」

と、私はとぼけてきき返した。記者はちょっと口ごもって、

「えーと、つまりヤクザ映画のスターが、蓮如上人のような宗教家の声を演じるということは――」

「それはないです」

と、私はいった。

「むしろ願ってもない適役だと思いますけど」

「それは、どういうことでしょうか」

くわしいことは憶えていないが、その場で私が説明したのは、およそこういうことだった。

映画『昭和残俠伝』の主題歌の一節に、こんな歌詞がある。

〽義理と人情を秤《はかり》にかけりゃ　義理が重たい男の世界

これは流行歌のなかでも、とびきりの名文句である。よくこんな歌詞を考えついたものだと感心する。任俠の世界では義理を人情よりも大事にする。義理という言葉も、人情という言葉も、もともとは仏教の言葉だった。

仏教でいう義理とは、〈物事の筋道を正しく理解する〉ことをいう。

筋を通す、といい、筋目といい、古い任俠の世界の基本は義理である。そのためには、人としてのさまざまな思いも断ち切らなければならない。

「そういうわけですから、ヤクザ映画のスターがお坊さんの声をやることには、まったく違和感はありません。それに、なによりMさんは、いい役者さんですしね」

「はあ」

記者は首をかしげて質問を終えた。どことなく不満気だった。

この極東の日本列島に根づき、ながく残ったものは、例外なくニッポン国ふうに変容している。外来の文化で、本来のものそのままに生きながらえているものは少ない。いや、少ないというより、ないといったほうがいいだろう。

この国はものすごい消化力をもっている。外来の文物をねじ曲げ、変容させて、なにげなく伝統の一部にしてしまう。そして重要なことは、純粋に外来のまま押しつけられたものは、結局、根づかないということだ。

いいほうに変えられたものは有り難いが、悪く変容させられたものも多い。しかし、良かれ悪しかれ日本化されたものこそが生きながらえてきたのは事実である。

かつてのプロ野球は、夢の王国だった。川上の赤バット、大下の青バットは、呪術的な後光がさしていた。まだ日本のプロ野球が、本家アメリカのベースボールとちがう道を歩いていた頃のことである。

桜の開花と同時に、今年もプロ野球が開幕した。しかし、かつての熱気がマスコミにも感じられないのは、残念なことだ。むしろ高校野球のほうが関心を集めているかのようにみえる。それは日本野球のグローバル化がすすみ、かつての日本野球ではなくなったからである。広島カープに人気が集まるのは、どこかに日本的な義理人情の気配が漂っているからだろう。

グローバル化するということは、どうしても本家本元に追従することになる。国際基準とは、そういうことだ。こちらが百歩追いついたと思ったときは、むこうはさらに前に進んでいる。

アメリカ野球に学び、それに近づけば近づくほど、永遠にセカンド・ライン化するしかない。

日本のサッカー界は、なぜ外国人の監督ばかりを起用するのだろうか。一般の日本人のほとんどが、素朴にそんな疑問を抱いているようだ。専門家にはプロとしての意見があるのだろうが、その辺が素人の私にはどうもわからない。

世界の舞台で競うということと、その国に根ざした進化をとげるということとを両立させるのは、そもそも無理なことなのだろうか。

もちろん、二番手、三番手の道を自覚的に選ぶという行き方もあるだろう。それはそれで立派だと思わないわけではないのだが。

歴史とは「あれも、これも」

世の中、一つのことをコツコツやれば必ず成功する、というわけでもないような気がする。

物事《ものごと》は綜合的だ。いくつもの道が交叉して目的地へ達する。世の中には一芸に打ちこんで名人上手とうたわれる人もいるが、よくみると結構いろんなことを手抜かりなくやっていらっしゃることに気づく。

「あれか、これか」

では成功はおぼつかない。

「あれも、これも」

というのが、現実というものだろう。

私たち日本人は、単純なこと、素直なことを尊ぶ国民性をもっている。なぜそうなったのかはわからないが、要するに複雑なことが苦手なのだ。純米酒とか、純潔、とかが妙に好きらしい。重層的なものより純粋さを尊ぶ傾向があって、それは今も昔も変わらないようである。

先日、一九三〇年代のドキュメント番組をテレビでみた。私は一九三二年生まれなので、その時代のことが、とりわけ気になって仕方がないのだ。

その時代のヨーロッパは、ドイツを中心に動いていたといっていい。ヒトラーとナチズムの時代である。ヒトラーがどうしてあれほど劇的にドイツ国民の心をとらえたかは、大きな謎だ。そのことをあるとき、話題にしたことがあった。

「失業と貧困と格差が、ファシズムの温床ですよね」

と、若い編集者のK君がいう。

「要するに、不況がファシズムを招くんです」

「それはちがうと思う」

ベテラン編集者のR氏がおだやかな口調で首をふる。

「ファシズムの引金をひくのは、民族の情念だろう。第一次世界大戦に敗れて、屈辱と失意のなかに沈みこんでいたドイツ国民に、ヒトラーが誇りと希望を示したのだ。パンの問題だけではないのだよ」

「しかし、パンの問題が根本でしょう」

と、若手もそう簡単には引きさがらない。

両者の議論をききながら、どちらの意見も一理ある、と思った。

ヒトラーは、失業者に職をあたえただけではない。理想というか幻想というか、ある種の夢をみさせたのだ。その夢も、一つではなかった。おそろしく入り組んだ多様な夢である。

「あれか、これか」

ではなく、

「あれも、これも」

なのだ。何十どころか何百もの夢が複雑な唐草模様を織りなしているのである。

たとえば、ナチスの親衛隊の制服。

あれをセクシーだという女性は少くない。当時、あの服を制作した企業は、いまも有名なブランドとして国際的に成功している。

ヒトラーは、アウトバーンをドイツ国民に示した。そしてポルシェ博士に命じて、フォルクスワーゲン・ビートルを作らせた。若い健全な夫婦が、子供たちと愛犬をのせて、地平線のかなたへ続くアウトバーンを疾駆する。それは一つの夢だった。ナチスを支持し職をえた勤労者は、月給の中から一定の積み立てをすることで、その国民車《フォルクスワーゲン》を手に入れることができたのだ。

もしも当時、私が若いドイツの失業者だったら、なりふり構わずナチ党に参加したかもしれない。ヒトラーには、モータリゼイションの魔力を操る悪の才能があった。そしてまた、映像の恐るべき力をも知っていた。

彼が、映像作家、レニ・リーフェンシュタールの才能を活用し、ベルリン・オリンピックをナチスの祭典としたことは有名である。

先年、世を去った天才的なデザイン作家、石岡瑛子が、晩年のリーフェンシュタールに共感を示したことで批判されたことがあったが、それも理由のないことではない。片手で夢を操り、もう一方の手でユダヤ人への憎悪をかきたてる。それもヒトラーが奏でるファシズム交響曲の旋律の一つだった。

音楽もまたその武器の重要な部分であり、映像や情報技術もその複雑な戦略の一部だった。

ファシズムは、必ずしも政治の衣をまとって登場するのではない。国民の意識や情操は、何百、何千もの重層的なからみあいの中から織りなされるのだ。

戦前、と称される時代もそうだった。私たちの心にたおやかな情感をかきたてずにはおかない愛唱歌のフレーズにも、その思想は注意ぶかく埋めこまれていた。

それは明治以来、営々と積み重ねられてきた帝国の感覚であり、敗戦は少くともその呪縛から解き放たれる大きな機会だった。

この国には、戦前と少しも変っていないものがある。戦後七十年をへても、同じものが支配している。それと同時に、敗戦によって重くのしかかっていた感情が吹き払われた側面もある。

何も変っていない部分と、大きく変った部分があるのだ。それを否定することは、私にはできない。

「あれか、これか」

ではなく、

「あれも、これも」

というのが歴史だろう。

私たちは、断定されることを好む気質をもった国民である。しかし、過去をふり返って、数々の反省もある。その入り組んだ記憶を大切にしたいと思うのだ。

民意とはおおむね情意である

シャツをクリーニングに出そうとして、ふと気がつくと襟元のボタンがとれている。昔の男ならすぐに誰かにボタン付けを頼むところだろう。

しかし、今は男も自立しなければならない時代である。シャツのボタンくらい自分でつけられなくては話になるまい。

私は子供の頃から、針と糸を使うことが嫌いではなかった。必ずしも器用ではないが、物を縫ったり、修理することに興味があったのだ。当時、というのは戦争中のことだが、破れた靴下をつくろうぐらいのことは、自分でやるのが当り前だった。将来、軍人ともなれば身のまわりのことは自分でやらなければならない。物の不自由な時代である。着るものも、履くものも、破れたら針と糸の出番。つぎはぎだらけのシャツを着ていても、少しも恥ずかしくはなかった。

戦後、少年野球が大流行したことがある。田舎の町でも村でも、ガキ大将が投手で四番をつとめる少年野球チームが乱立した。軟式のボールはなんとか手に入れたものの、ミットやグラブを持っているメンバーは数人しかいない。そこで小学校のスポーツ用具の収納庫に忍びこんで、キャンバス地を拝借してくる。ハサミで布を切り、綿を入れてミットやグラブの形をととのえる。

そんなお手製の道具でやっても、野球は楽しかった。破れたらその場で修理する。試合には針と糸を持参するのが常だった。

戦前の母親のイメージは、ランプの下で針仕事をしている女性、という感じだった。やがてミシンが普及してくると、足踏み式のミシンの上にかがみ込んでいる姿が、絵本などによく見られた。

最近はつくろった靴下をはいている男性など、どこにもいないだろう。破れて爪先に穴があけば、捨てる。デパートのバーゲンセールにでもいけば、新しい靴下などいくらでも安く手にはいるからだ。

針と糸で思いだしたが、戦争中には千人針《せんにんばり》というものがあった。古くは日清戦争の頃にはじまるという説もあるが、もっぱら目立ったのは日中戦争から太平洋戦争にかけての時代だろう。

戦場にいく兵士たちの家族や友人、縁者などが、それを作る。白や生成《きな》りの布に、赤い糸で千箇の結び目を縫いこんだものである。

当時は街頭で布を持って、通る人たちに呼びかける姿をよく目にしたものだ。足を止めて、その布に一針、赤い結び目をつくる。ひとりひとりが兵士の武運を祈っての行為である。ひと口で千人というが、これはかなり大変な作業だったにちがいない。

その千人の思いをこめた布を体に巻いて、兵士たちは戦場におもむく。

寒い日も、暑い日も街頭に立つ。道行く婦人たちが、つと近づいていって、心をこめて一針縫う。軽く頭をさげて去っていく。千人の心をこめた布が、やがて戦地に送られる。

そんなふうにして、国家総動員の風潮というものは醸成されていったのだ。人びとが命をかけるということは、倫理観や思想の問題だけではない。民意とは、おおむね情意である。国民感情のうねりなくして歴史は動かない。

千人針の布を手に街頭に立っている婦人たちは、白い割烹着《かっぽうぎ》を着ている姿が多かった。なかには愛国婦人会のタスキをかけている人もいた。いずれも凛《りん》とした表情をしている。

子供心に近づいていって一針縫いたい気持ちもあったが、そこは女性の戦場だった。昔の女の人は、針を使うとき、よく髪の毛にこすりつけるような動作をしたものだ。それが針の滑りをよくするための行為だとはぜんぜん考えもしなかった。不思議なことをするなあ、と、子供心にけげんに思っていたものである。

針と糸のことで以前、感心したのは、曽我量深《そがりょうじん》師の「念仏と信心」についての談話である。曽我師は大谷大学の学長もつとめた真宗教学の大家で、清沢満之《きよざわまんし》以後、宗門の内外に大きな影響をあたえた人物だ。福井での講話の終ったあと、有志と浴衣がけの懇談中の会話のなかで、こんなふうに語っている（『親鸞との対話』彌生書房刊）。

以下、念仏と信心の関係について問われた曽我師の答えである。

曽我　信心とは、たとえば糸に針をつけたようなもの。糸はお念仏。針は信心。いくらお念仏の糸があっても、信心の針がついていなければ着物を縫うことができない。針がなければ、いくら糸があっても着物は縫えない。

いくらナンマンダブナンマンダブととなえても、信心がなければ助からん。お念仏

は糸のごとし。信心は針のごとし。（中略）
着物は糸で縫う。針で縫うのでないが、針がなければいくら糸があっても縫えぬ。糸に針をつけるから、糸で着物を縫うことができる。

昭和三十年代の話であるから、いまの若い人たちにはピンとこないところもあるだろう。針と糸の関係、といっても、実感はあるまい。
しかし、信心と念仏のかかわりを説いて、なかなか味わいのある話だと思った。

私たちは物語を生きている

人は何によって動くのか。

たぶんそれは道徳によってではない。なんとなくそんな気がする。

私たちの日常の行動は、常識によるものが多いのではないだろうか。常識、というより通念といったほうがいいのかもしれない。

「嘘をついてはいけない」

と、教えられているから嘘をつくのが気になるのではない。

「嘘をつくと、地獄で閻魔《えんま》さんに舌を抜かれるんだよ」

と、子供の頃からおばあちゃんにいわれて、昔の人はそれが体にしみこんでいたのである。

地獄、というのも一つの物語《ものがたり》である。閻魔さんというのもそうだ。三途《さんず》の川というのも、極楽浄土というのもそうだ。物語というのは、思想ではない。もちろん道徳でもない。

思想や道徳は、時代と体制によってどうにでも変る。いつの頃とも知らず、世間の泥沼から湧きだしたボウフラのような物語は、ながく生きて、なかなか変らない。

物語は、いろんな形で世の中に広がっていく。芝居や、音曲をともなった芸能や、説教や、その他もろもろの大衆娯楽となって人びとの心にしみわたる。説教というのは、いわゆるお説教ではなく、仏教的芸能の一ジャンルとして確立された芸である。新聞記事も、小説も、テレビも、SNSも、ニュースも、みんな物語だと私は思っている。

ある卓抜なコラムニストのかたが、

「寄せては返す波の音、という文句はどこからきたのだろう」

と、おっしゃっていたが、戦前、戦中の庶民大衆ならすぐにわかるはずだ。一代の人気浪曲師、寿々木《すずき》米若《よねわか》の『佐渡情話』の一節に、

〽佐渡へ佐渡へと　草木もなびく
佐渡は居良《いよ》いか　住み良いか
歌で知られた　佐渡ケ島

寄せては返す　波の音

というのがあって、私は今でもときどきその文句が口をついて出てくることがある。最初のところで、民謡の「佐渡おけさ」が流れて聴きほれていると、途中からスッと浪曲の節に変って、思わずうっとりしてしまう。

佐渡にまつわる歌といえば、美空ひばりの『ひばりの佐渡情話』は、彼女の独擅場《どくせんじょう》だ。当節の一流の歌い手さんがうたっても、とても足もとにもおよばない。先日、この曲をつくった船村徹さんと対談をしたときも、「あの歌は彼女以外の歌手にはうたえません」といっておられた。ちなみに船村さんも、私と同じ昭和七年生まれの昭和ヒトケタ派のお一人である。

対談で思いだしたが、何十年も昔、羽仁《はに》五郎さんと週刊誌の対談をしたことがあった。そのとき、美空ひばりをめぐって意見が対立して、かなり御機嫌が悪い感じになられた。なにしろ当時の羽仁さんは、権威のある大学者で、こっちは娯楽読物の作者である。しかも三十歳以上、年がはなれている若僧だ。羽仁さんがムッとされるのも当然だろう。

誌面には掲載されなかったが、
「美空ひばりに夢中になっている限りは、この国の民主化はできない」
といった感じのことをいわれたので私が反論したのだ。対談の席であんなふうに声を荒らげて怒ったのは、羽仁五郎さんと映画監督のフランシス・コッポラの二人だけである。

先日、気鋭の仏教学者である釈徹宗《しゃくてっしゅう》さんと対談をする機会があった。釈さんがこんど『死では終わらない物語について書こうと思う』（文藝春秋刊）という超長い題名の本を出されたので、その本をめぐって現代人の死後の物語について語り合ったのだ。釈さんと私が、ちょうど三十歳ほど年の差があって、ふと若い頃に羽仁さんと激論したことを思いだした。

釈さんは私よりうんとお若いにもかかわらず、とても懐の深い学者で、いろいろと教えられることが多い対談だった。なにを言っても羽仁さんのときのような切迫した雰囲気にならなかったのは、ひとえに釈さんが大人でいらしたからである。

年の差といえば、先ごろ対談の機会があった社会学者の古市憲寿《ふるいちのりとし》さんとは、五十歳以上の差があった。私にとってはひさびさに刺戟的な対談で、あまりに面白かったので単行本にも収録させて頂くことになった。

ところが、できあがった新刊本のオビに、「五十二歳差！」というフレーズが印刷されていたのにはびっくりした。古市さんは、その対談のとき、なんと三十歳だったのである。


私の考えでは、「対談」という形式も、一つの物語の形式である。

「人は死んだらどこへ行くのか？」

という問いに、いまの私たちは答えるすべを持たない。体にしみこんだ物語を失ってしまっているからだ。

世間で右翼といわれる人びとは、おおむね「大義」という物語を持っている。人が死ぬのは「大義に殉《じゅん》ずる」のである。では左翼と目される人びとの物語は何か。思想から物語が生まれるのではあるまい。その逆ではないだろうか。

戦前の修身の時間に教わった道徳的な訓話《くんわ》は、ほとんど忘れてしまった。ただ、その中に出てくるさまざまな人物のエピソードだけは、なぜかしっかりと記憶に残っている。

新しい物語は、今後はたしてどこから生まれてくるのだろうか。

初出・『週刊新潮』連載「生き抜くヒント！」
表紙カバー・帯写真　©川田雅宏

五木寛之　1932年福岡県生まれ。作家。『蒼ざめた馬を見よ』で直木賞、『青春の門 筑豊篇』他で吉川英治文学賞。近著に『好運の条件』『はじめての親鸞』など。

新潮新書

691

とらわれない

著　者　五木寛之《いつきひろゆき》

2016年11月20日　発行

発行者　佐　藤　隆　信

発行所　株式会社新潮社

〒162-8711　東京都新宿区矢来町71番地
編集部(03)3266-5430　読者係(03)3266-5111
http://www.shinchosha.co.jp

印刷所　大日本印刷株式会社
製本所　加藤製本株式会社

ISBN978-4-10-610691-0　C0210

価格はカバーに表示してあります。

Ⓢ新潮新書